MASK　東京駅おもてうら交番・堀北恵平

内藤　了

角川ホラー文庫
21467

目次

――ついに探し求めていた理想の少年をみつけた。
水槽に入ったあの子は見飽きることがない。
生きているときよりも、いっそう可愛い――

プロローグ

春風に乗って、近所の学校から子供たちの賑《にぎ》やかな声が聞こえてくる。穏やかで、うららかな日であった。住宅街の一角に立つ警察署の刑事課で若い刑事が窓際に立ち、生け垣越しに見える景色を眺めていた。室内は閑散として、それぞれの机に書類が乱れている。若い刑事は子供の声を聞きながら忙《せわ》しなく煙草をふかした。着た切り雀《すずめ》のシャツはよれよれで、ネクタイは机に置いたまま、目の下にクマができている。

一挙解決を期待した誘拐事件で、犯人確保が空振りに終わったことからくる焦燥《しょうそう》感。被害者の安否がわからないままに、事件は七日目の朝を迎えていた。刑事の名前は永《なが》田《た》哲夫《てつお》。所轄に配属されたばかりの新人刑事である。

彼の管轄区内では、七日前から十二歳の少年がひとり行方不明になっていた。届け出によると少年は失踪《しっそう》当日の午後、友人と連れ立って銭湯へ向かい、友人より早く風《ふ》呂《ろ》を出て、そのまま行方知れずになったという。身代金を要求するハガキが届いたのはその二日後で、少年の命と引き替えに幾ばくかの金銭を要求するものだった。母親がすぐさま交番に駆け込んで、野上《のがみ》警察署は捜査を開始。永田らは万事打ち合わせて身代金の受け渡し場所に張り込んだものの、いくら待っても犯人は姿を現さなかった。現在も一個班が少年の家を張り込んでいるが、犯人からの接触は途絶えたままだ。

「うるせえんだよ」

そよ風に舞う小さな虫を手で払いつつ、永田は開け放した窓に悪態を吐いた。何本目かの煙草を消して室内を向くと、一緒に留守番をさせられている老刑事が新聞越しに永田を睨《にら》んだ。

「そうカリカリしなさんな。おまえさんの顔には手柄が欲しいと書いてある。そういうガツガツしたところがね、犯罪者には臭うんだよ」

「ちぇっ」

永田は小さく吐き捨てて、自分の机に乱暴に座った。彼が荒ぶる理由は一つ。年寄りの刑事はともかく、若く健康な体を持つ自分が、新人だからという理由で現場に張り込ませてもらえないことに納得できないからだった。いざ捕り物となれば若い自分が最も活躍できるはずなのに、それがこんなところで電話番をしているのでは、手足をもがれたようなものではないか。電話番は年寄り刑事がする仕事だ。

仕方なく調書を開いたものの、署内には依然として長閑《のどか》な空気が漂っている。

午前十時過ぎ。

突然机上の電話が鳴った。すわ犯人確保の知らせだと、永田は勇んで電話を取った。

「……もしもし。警察ですか？」

だがそれは、知らない中年男性からだった。永田はわずかに肩を落とした。

「そうです。野上警察署ですが」

「私は、以前そちらの署で相談にのっていただいた者です。実は畳に血の跡が……様子を見に来て欲しいのですが」

「は？」

相手の声には妙な緊張感が混じっている。

永田はメモ帳を引き寄せて、鉛筆を握った。

「電話をくれたあなたは、どなたです？」

「杉野沢《すぎのさわ》診療所に勤務している精神科医で、高階《たかなし》といいます」

「高階さんね。以前になんの相談を？」

「患者の家族についての相談です。息子さんの素行について、注意をしてもらえないかと」

永田は長閑な外の光景に目をやりながら、人差し指で耳の後ろを掻《か》いた。

「なるほどね。では状況を説明して下さい」

「はい。あの……患者の様子がおかしいもので、ご主人に話を聞くため自宅へ来たところですが、息子さんの部屋へ入ってみたら、畳に血の跡があるのです。たぶん床下じゃないかと思うのですが」

「床下とは？」

訊《き》くと老刑事が新聞を置いて立ってきた。

「だから、ここへ来て、床下を見て欲しいのです」

訊かずとも医者の言いたいことはわかっていたが、刑事の威厳を保つためにも、永田は医者本人の口で喋《しゃべ》らせたのだ。行くべき場所を確認すると、放り出してあったネクタイを締め、椅子の背に掛けた背広をひったくる。

「親父《おや》っさん」

と、老刑事の顔を見た。

「杉野沢診療所の医師が、患者の様子がおかしいので自宅へ行ったら、部屋に血痕《けっこん》があると言ってます。床下を調べて欲しいと」

「場所はどこだ」

「〇丁目の民家だそうで」

「よし、行こう」

素早く立ち上がった老刑事を差し置いて、永田は真っ先に署を飛び出した。

辻《つじ》に板塀が続く民家の庭で、白衣を着た中年の男が出たり入ったりしながら、通りの様子を窺《うかが》っていた。背広姿で目つきの悪い男二人が刑事らしいと見て取ると、中年男は「こっちです」と永田らを手招いた。

高階と名乗った精神科医は、髪をオールバックにしてメガネを掛けた、いかにも医者らしい風貌《ふうぼう》をしていた。近所の手前があるからか、永田らが門を入るのを待ってから軽く会釈して挨拶《あいさつ》をする。

「杉野沢診療所の高階です」

「野上署の柏村《かしむら》です。この若いのは永田」

枯れた風貌の柏村刑事は唐突に鋭い目つきになって、呼ばれた家の様子を見渡した。敷地を板塀で囲った家は、広さからしてそこそこの家柄を思わせる。建物は平屋で奥に広く、縁側の前に立派な池が設《しつら》えてある。永田は玄関の表札を見て、住人が三名であるのを確認した。両親と長男という家族構成のようだ。

「患者というのは誰ですか」

永田が訊くと、

「この家の奥さんです」

と答える。興奮のためなのか、高階の目は光っている。

「ざっと経緯を説明しますと……奥さんが診療所へ通うようになって二年になります。不眠や極度の不安を訴えていて……原因はひとり息子である英喜《ひでき》君の素行不良なのですが。前にもそちらの署へ相談に行って、直接指導もしてもらいましたが、まったく改善されないようで、ちょうど昨日が通院日だったのですが、あまりに酷《ひど》い顔色で、碌《ろく》に質問にも答えられないような有様で」

決して暑い日ではないというのに、高階は手拭《てぬぐ》いを出して汗を拭った。

「なので、いっそのこと奥さんを数日間入院させて、心と体を休めたらどうだろうと、ご主人に勧めに来たところなのです」

「息子の素行不良とは？」

柏村が訊《たず》ねると、高階は周囲を窺うような仕草をした。

訪問して部屋を見たわけだから家族は在宅しているのだろうが、玄関は閉じられ、内部はひっそりと静まりかえっている。高階は門から玄関まで並べられた飛び石を下りると、半歩ほど庭木の下に退いた。

「なんといいますか、異常行動があったのですよ」

「異常行動ってなぁどういうことか、説明してくれませんかね」

柏村が訊くと、高階はメガネをちょいと持ち上げた。

「野良猫だそうです。英喜君は異常な動物愛といいますか、よく野良猫を拾ってきて、部屋で十四以上飼っていました。溺愛《できあい》と虐待を繰り返すといいますか、舐《な》めたり、自分を嚙《か》ませたり……ところが、そのうちの半分くらいを殺して食べていたようだということがわかって、最初は奥さんが相談に来たのです。結局は、そのまま奥さん本人が、うちへ通い続けているわけですが」

永田が思わず口を覆うと、高階は無言で頷《うなず》いた。

「溺愛の末だと英喜君は言います。食べてしまいたいほど可愛いという言葉がありますが、文字通りそういう気持ちになるとのことでした。逆に愛情を拒絶されると激高して暴力的になるところがあって、しつこく愛撫《あいぶ》して爪を立てられたりすると、カッとなるのです。それだけでなく、他にも少々突飛な行動が……」

高階は首を伸ばして近所の様子を窺った。

時折板塀の外を人が通るが、庭の中まで覗き込んでくる者はない。

「英喜君は猫だけでなく子供が好きで、野良猫同様に家へ連れ込んだり、時にはいきなり後ろから抱きついたり、暴力を振るったりと、これまでも色々あったわけです。それが近所の噂になって、奥さんは余計に心を痛めていたわけでして」

「父親にガツンと言わせりゃいいだけじゃないですか」

永田は呆《あき》れて腹が立ってきた。勇んで駆けつけてみれば、くだらない。親子喧嘩《げんか》の仲裁じゃないかと嫌になる。

「もちろん。ぼくも、ご両親も、あれこれと手は尽くしましたよ。けれど、英喜君は激高すると手がつけられなくなるのです。普段はおとなしい青年ですが、人が変わったように暴れ出し、そうなるともう、修羅場です。奥さんの治療のためには離れて暮らすほうがいいのかもしれないですが、それこそ近所の手前もあるわけで」

「だから入院を勧めに来たと。なるほどなるほど。で、畳に血があったってぇのは」

柏村は手帳にメモを取りながら鉛筆の先をペロリと舐めた。

「それが英喜君の部屋なのです。あの……刑事さん。こう言ってはなんですが、英喜君はこの家の跡取り息子ですからね。ご両親は当然ながら、英喜君に対して逃げ腰です。でも、このままじゃ奥さんの病気はよくならないし、今日こそは入院の約束を取り付けようと思って来てみたのですが、なぜかご主人の様子もおかしくて、それで、直接英喜君と話をしようと……そうしたら、畳にえらい汚れが……」

「本当に血なんですか」

「間違いありません。実は、ご主人も汚れには気付いていたそうで、英喜君に『どうしたんだ』と訊ねたら、『友だちを連れて来たけれど、生意気なことを言うから殴ったんだ』と。その時に鼻血が出て、汚れはその跡だと説明したようですが……」

とてもじゃないが鼻血とは思えないと、表情が言っている。

永田と柏村は視線を交わした。

「家人は中に?」

柏村が玄関へ顎《あご》をしゃくると、高階は頷いた。

「英喜君は銭湯に行っていますが、奥さんとご主人は中にいます。あと、弁護するつもりはありませんが、ぼくも子供を持っています。それに、このお宅はそれなりに由緒ある家でして、親の気持ちになれば英喜君の言葉を信じたいというのはよくわかる。そうかといって、ぼくが警察へ電話することも了承してくれたわけですから、傷口に塩を塗り込むような真似だけは」

「わかります、わかりますとも。自分も出来の悪い子供を四人も持ってますからねえ。

ま、俺の場合は、親が俺だから出来が悪いと言われりゃそれまでだが」

老刑事は苦笑しながら手帳をしまい、高階の肩に手を置いた。

高階が玄関へ踵《きびす》を返し、型板ガラスがはまった引き戸を開けるのを、永田は黙って見つめていた。柏村がそっと目配せをする。ぴったりついて来いと言うのであった。

「ごめんください。刑事さんが来てくれましたよ」

高階は声を掛け、三和土《たたき》に入った。

静まりかえった家ではあったが、上がり框《がまち》に五十代と思《おぼ》しき夫婦が、怯《おび》えた表情でもう立っていた。なるほど高階の言うとおり、夫婦共に疲れ切って、幾晩も寝ていないような顔をしている。

「野上署の柏村と、永田です」

柏村が言うので、永田も二人に会釈した。

家の中は薄暗く、どんよりと空気が濁っている。

玄関の匂いを嗅《か》いだとたん、永田は一気に緊張してきた。署で電話を受けてからここへ来るまで、もっと言うなら高階の話を聞いている間も、どこか現実離れして浮ついた気持ちでいたのである。

頭の大半では、少年誘拐事件の現場へ向かった同僚のことを考えていた。手柄を挙げたいと思っているのに味噌《みそ》っかすにされたという不満があって、ふて腐れていたと言ってもいい。しかし、玄関で息を殺していた初老の夫婦を見たとたん、息子が猫を殺して喰《く》っていたという精神科医の話がいきなり現実味を帯びてきたのであった。

高階は勝手に靴を脱いで框に上がり、二人の刑事を振り向いた。

「英喜君の部屋は離れです」

「失礼します」

と柏村が上がり、頭を下げて永田が続く。

永田は両親の表情を窺ってみたが、二人共に感情のすべてを使い果たした死人のような顔をしていた。上がり框の先には奥と右側にそれぞれ続く廊下があって、右の廊下が長い縁側になっている。

高階は迷うことなく縁側へ進み、柏村がその後をついて行く。永田は両親の動向を見守っていたが、父親が申し訳なさそうに頭を下げたので、親たちを残して柏村を追った。ひっそりと後ろからついてくる親たちの様子が、永田をさらに緊張させる。夫婦共に和服姿で、母親は割烹着《かっぽうぎ》を着ているが、どちらもきちんとした印象ながら、やはり死人に思われる。縁側の脇は座敷のようだが、すべての障子が閉め切ってあり、内部の様子は窺えなかった。

先で高階が縁側を折れ、渡り廊下を通って離れに入り、閉めきっていた扉を開けた。

そのとたん、老いて小さな柏村の背中が緊張し、永田は突然吐きたくなった。

誰の声も、会話もない。現場へ出て活躍することを切望してはいるものの、いかんせん永田はまだ経験の浅い新人刑事である。犯人と対峙《たいじ》してもいないのに、血痕《けっこん》を見るというだけでこれ程までに緊張するのだ。目の前にあるのは開け放たれた扉と、室内に立つ高階の白い顔、六畳ほどの和室と、和室奥の天袋だけだ。天井から電球が下がっていて、押し入れの襖《ふすま》に飛沫《ひまつ》のようなシミがある。柏村の背中がゆらりと動き、老いた体の隙間に畳が見えた。

「あっ」

永田は思わず大声を上げてしまい、自分のうろたえぶりを恥じて口を覆った。

高階医師が言うように、鼻血が滴った程度の量ではない。部屋には座布団や雑誌や本などが置かれていたが、拭《ふ》き取ったと思しき血液は畳の目に入り込み、片側に寄せられた座布団も、黒くなるほど血を吸っている。

柏村が天井を見たので目を向けると、天板にも血しぶきの跡が見て取れた。

「親御さんたちは、何ひとつ気付かなかったってぇわけですか？」

柏村が鋭い目で両親を振り返る。永田も二人を振り返ったが、彼らは身を寄せ合って縮こまったまま、曖昧《あいまい》に首を傾げただけだった。

「ここです」

そんな二人を庇《かば》うかのように、高階が床を指す。畳の縁《へり》に血の指跡がついている。

「むう……」

柏村は小さく唸《うな》って上着を脱いだ。

永田もそれに倣ったが、血痕だらけのこの部屋の、どこに上着を置けばいいのかわからない。仕方がないので柏村の上着を受け取ると、自分のそれと共に渡り廊下へ放り投げた。柏村が畳の角を強く踏み、反対側が持ち上がるのを待って隙間に指を差し入れる。中央を高階が持ち、永田と三人で畳を剝《は》いだ。

両親は渡り廊下に立ったまま、寄り添いながら様子を見ている。

畳の下には幅七寸ほどの敷板《しきいた》が並んでいて、板の下には根太《ねだ》があり、根太の下は地面であった。敷板は根太に打ち付けられていないので、容易に外して床下に入り込むことができる。柏村が無言で敷板を外したので、永田も自分の手前にある一枚を外した。床下に薄く明かりが射して、四角いものが視界に入った。

内部が暗いので、床下を覗《のぞ》き込む自分の姿が四角い物に映って見える。どうやら水槽のようである。よく見れば、丸い形の金魚鉢もふたつある。それぞれに蓋《ふた》がされ、上からビニールを掛けて、紐《ひも》で結わえられている。

「何か入ってるみてえだな……永田」

床に空いた穴の縁に腰を屈《かが》めて、柏村は永田を呼び込んだ。

若いおまえが床下へおりて、ブツを確認してくれと言うのだ。仕方がないので永田は再び玄関へ向かい、靴を持って戻って来た。

想像では、床下に地面を掘った跡があり、中から死体が出ると思っていた。見えたのが無機質な箱だったので、拍子抜けした気分でもあった。野良猫や犬を殺して喰って、残骸《ざんがい》をためていたのだろう。こんなバカバカしい案件に関わっている間にも、仲間に手柄を持って行かれる。動物を喰った男を指導したからといって、誘拐事件の解決に比べたら、あまりにも安っぽくて見劣りするではないか。厭《いや》になる。

敷板の縁に腰掛けて靴を履き、永田は床下に降り立った。

そこに隠してあったのは、やはり四角い水槽と、金魚鉢のようだった。水槽は幅二尺ほども大きさがあり、金魚鉢をどかさないと手が掛けられない。埃《ほこり》っぽい床下に腰を屈めて、永田は蓋にビニールを巻いた金魚鉢を持ち上げた。

「重いな」

と、思わず呻《うめ》く。猫の毛皮か尻尾《しっぽ》が入っているだけだと思ったのに、かなりの重さがあったからだ。永田はシャツの袖《そで》をめくり上げ、金魚鉢を持ち上げて敷板の上にドスンと載せた。そうしてみると金魚鉢は、床下に立つ永田の顔の高さになった。

次の荷物に手を掛けようと床下を向く永田の視界に、奇妙なものが過《よ》ぎって見えた。

「ん？」と永田は振り向いて、そのとたん、金魚鉢と目が合った。

この家に来て高階と会い、話を聞いて、床を剝ぐ。それらがぐしゃぐしゃと絡まりながら、理解できる形で脳に吸い込まれていくまでに、瞬《まばた》き程度の時間がかかる。それはまた、目にしたものが錯覚じゃないと、永田を納得させる時間でもあった。

自分で眼前に載せた金魚鉢には、少年の首が詰められていた。水中に髪を振り乱し、唇を半分開けたまま、真っ白な顔で目を閉じた少年は、顎《あご》の下で首が切れ、切り口に生々しく骨が突き出している。

体をのけぞらせた反動で根太にぶつかり、永田は床下に腰を抜かした。

そして足元に置かれた水槽に、腕と足が詰め込まれているのを見て悲鳴を上げた。せめて失禁しなかったのが幸いだったが、尻《しり》で這《は》いつつ床下を逃げて、厭と言うほど支柱に背中を打ち付けた。

大型水槽と二つの金魚鉢には人間の部位が詰め込まれ、透明な液体で満たした上に蓋の隙間を目張りされ、ビニールシートに包まれていたのであった。

直後、銭湯から悠々と戻った息子の英喜は遺体損壊および殺人容疑で逮捕され、床下に隠した遺体が誘拐された少年の変わり果てた姿であることは、残酷にも少年の家族によって確認された。水槽に収まりきれなかった胴体部分は家の裏庭に埋められており、常軌を逸したこれらの行動について犯人は、少年を永遠に自分のものにするためだったと語っている。

彼は銭湯で好みの少年を見つけると、後をつけていって抱きついたり、暴力を振ったりしていたが、被害少年については自宅へ連れ込むことに成功したものの、抵抗されて激高し、鉈《なた》で頭部を一撃して殺害したと自供した。

犯人は水槽に詰めた少年を眺めることに至福の喜びを感じていて、その興奮のままに身代金要求のハガキを出してみたという。金銭目的ではなく、ほんの悪戯心《いたずらごころ》だったと語る。被害者の少年に目をつけたのも銭湯であり、後にわかったことでは、少年は自分の友人に対し、

——今日、銭湯でぼくの背中を流してくれていた男の人に、ぼくは殺されるかもしれない——

と、語っていたということだ。

第一章　東京駅おもて交番

澄み切った黎明《れいめい》の空が、ビルの切れ間に広がっていく。思いっきり腕を伸ばして、胸一杯に爽《さわ》やかな空気を吸い込んでから、潑剌《はつらつ》とした足取りで歩き出す。

ボーイッシュに切った黒い髪、スレンダーな体の彼女は、無印良品の綿シャツにパンツを穿《は》いている。色白だが化粧っ気はなく、そのため若干幼く見える。大股《おおまた》で道を行きながら、時々立ち止まってメモをとる。建物の隙間を見つけると、いちいち顔を突っ込んで、通り抜けが可能か確かめる。今も自販機の裏に隙間を見つけて、無理矢理体をねじ込んでから、諦《あきら》めて戻ったところであった。手帳に『通り抜け不可』と書き込みながら、紺の綿シャツが埃だらけになっていることに気が付いた。袖口《そでぐち》に絡んだ蜘蛛《くも》の巣をつまんで捨てて、バタバタと全身の埃を払う。

そんなことをしているうちに、明け初めの空が十月の色に変わりはじめた。あまりに暑かった夏が終わると、一足飛びに季節は進み、早朝は肌寒さを感じるほどだ。街路樹は艶《あで》やかさを失って、夜露に濡《ぬ》れた歩道にビルの影が映り込む。

こんな光景が拝めるのは、人通りのない早朝だけの特権だ。

「おはようーっ」

と、誰にともなく呟《つぶや》いてみる。今日もいいお天気になりそうだった。

彼女の名前は堀北恵平《ほりきたけっぺい》。少々変わった名前を持った二十二歳の女子である。短大を卒業後、警察学校で初任科課程を修了し、東京駅おもて交番で研修中の『警察官の卵』だ。勤務時間外に駅周辺を歩き回ること数日間。ようやく地上の地理が頭に入って、点と線が繋《つな》がってきた。

警察官としてはまだ何ひとつ役に立てない恵平は、誰よりも早く出勤して掃除をする。署から研修先の交番へ向かったあとは、ごはん炊きとお茶《ちゃ》汲みと、電話番程度しかすることがない。電話番は先輩警察官への取次だけだし、たとえば駅周辺の道案内を請われても、地理を把握できていないので奥へ引っ込んでいろと言われてしまう。

だからこそ、時間外に駅周辺を歩き倒しているのであった。

そもそも東京駅は広すぎる。広すぎる上に複雑だ。

地方出身の恵平にとって、駅とは、イコール交通機関の発着場という認識だった。ところが東京駅へ配属されて来てみれば、歩いても歩いても周囲は広く、構内には迷路のような巨大地下街までが広がっていた。道案内をしようとパンフレットを見ても、敷地図面そのものが複雑すぎて把握できない。ならば実地で覚えようと構内を歩き回ってみたけれど、とても一日やそこらで把握しきれる広さではなくて、恵平自身が迷子になった。次には視覚で配置を覚えようとしたのだが、店舗やディスプレイは目まぐるしく変わり、何より人が多すぎて大したものは見えてすらこない。下手に立ち止まれば歩行者の流れを阻害して、じっと周囲を見渡すこともできはしない。しかも人の歩く速度が速すぎて、流れに乗ったら最後、あらぬ方向へ流されていたりもするのであった。交番で道を訊《たず》ねる人たちは土地勘がないわけだから、わかりやすく案内しなければならないというのに、恵平自身が翻弄《ほんろう》されるという始末。

またしばらく歩いてから、恵平は地下道入口を見つけて足を止めた。

東京駅周辺には地下へ通じる道がいくつもあって、好奇心を刺激して止むことがない。なんといっても素晴らしいのは、それらの地下道は、かなりの場所まで移動できるほど長かったということだ。

「よし。今日はここ」

周辺の景観を確認して、手近な入口へ入っていく。地下道にはそれぞれ番号が打ってあり、景色が見えない地下街から地上へ出る時の目印になる。案内板やパンフレットにも番号表記がなされているので、それを用いて道順を説明することも多い。

薄暗い階段の下から、大きな荷物を引きずった女性が上がって来る。恵平は足を止め、すれ違うのを待って呼びかけた。

「おはようございますメリーさん。今日もいいお天気になりそうですよ」

老齢の女性は振り向きもせず、恵平とは反対側の階段を通って地上へ出て行く。大きな帽子と丸めた背中、重ね穿《ば》きしたスカートと、古くて大きな布の鞄《かばん》が、ゆっくり階段を上がって行く。交番内で秘密の呼び名は『Y26番さん』。Y口《ぐち》側26番通路を寝床にしているお婆さんホームレスだ。

大きな声では言えないが、広大な東京駅には、深夜から早朝までのわずかな時間だけ、階段やバックヤードの隙間に暮らす人々がいる。メリーさんもその一人で、始発前には寝床を去って、ゴミ箱から雑誌を拾う仕事をしている。

恵平がメリーさんに会ったのは配属直後。真夜中に地下街を歩いていたとき、踊り場に慎ましく体を丸めるメリーさんを見たのが最初であった。

初めは終電を逃してしまったお婆さんかと思って心配したが、階段にスカートを一枚敷いて座っていたので、ホームレスの人だとわかった。女性で、しかも高齢だったので、どんな強者《つわもの》だろうと戦《おのの》いたけれど、今はそういうことはない。返事がなくても恵平のほうから挨拶《あいさつ》をするし、可能であればひと言添える。いつかメリーさんが自分を必要とする時に、向こうから声を掛けやすいようにしておきたいと思うからだ。

もちろん先輩警察官たちも事情を把握していて、メリーさん以外にも多くのホームレスがいることや、それぞれに縄張りがあって、それによって認識用の呼び名が割り振られていることなどを教えてくれた。大都会の片隅で、ひっそりと自分の居場所を探し続ける人たちである。

一時間近く地下道を歩き回ってから、恵平は再び地上へ戻って来た。散歩の終わりに必ず立つのが東京駅の正面広場で、美しくも荘厳な赤煉瓦《あかれんが》の駅舎を見ると、今日も頑張ろうという気持ちが湧くのだ。彼女が警察官の卵として実地訓練を始めたばかりの『東京駅おもて交番』は、美しい駅舎の片隅にある。

「本日も、無事に勤務を終えられますように」

人影少ない駅前広場で、恵平は駅舎に頭を下げた。

何もない野原に東京市の大停車場として建築された東京駅は、関東《かんとう》大震災や東京大空襲など、一世紀にもわたる歴史を乗り越えて来たという。

現在の丸《まる》の内《うち》駅舎は創業当時の姿に保存・復原されたもので、駅舎全体の耐震・改修工事も含めて五年もの工事期間を要したらしい。その後整備が進められ、グリーンの芝生と白い敷石のコントラストが目を惹《ひ》く駅前広場が完成したのは二〇一七年の暮れ。行幸《みゆき》通りへ真っ直ぐ向から御影石の中央に立てば、過去と現在が混在したような錯覚に陥る。大正《たいしょう》レトロでロマンチックな赤煉瓦の駅舎が一世紀前と同じ姿で目の前にあるからだ。

百年という時の長さなど、若い恵平には想像もつかないが、この駅を通り過ぎて行った多くの人々に想いを馳《は》せれば、初めてずくめで無力な自分が、ここから警察官の一歩を踏み出すことに誇りを持とうと思えるのだった。

署に戻ったら、出勤準備をしながら先輩を待つ。

交番のお巡りさんは拳銃《けんじゅう》を携帯するので、先輩が出勤して来て拳銃を受け取ってから、徒歩で交番へ向からのである。今朝も拳銃を貸与され、署を出て歩き始めると、ぶらぶらと出勤して来た若い刑事が、

「おう、ケッペー」

と、恵平を呼び止めた。

「おまえ、今朝もステーションホテルを拝んでたって？」

「別に拝んでたわけじゃありません。頭を下げていただけです」

足を止めて振り向くと、若い刑事は、

「三日にあげず妙な女が車寄せに頭を下げてるって、駅で噂になってるぞ」

と笑う。恵平は真っ赤になった。

「堀北」

交番勤務の上司である巡査長が、遅れ気味の恵平を呼ぶ。若い刑事は行ってしまい、恵平は慌てて巡査長に追いついた。

「おまえ、毎朝駅舎を拝んでいるのか？」

巡査長まで訊《き》いてくる。人のいない隙を狙って会釈したのに、どこから、誰が見ていたのだろう。恵平には思い当たる節がない。

「だから、毎朝じゃないし、拝んでいるわけでもないんです。二十四時間勤務の日は特に、無事に勤務を終えられますようにと駅舎に頭を下げているだけで……」

「どうして頭を下げるんだ」

改めて訊かれると、恵平にもよくわからない。駅前広場から煉瓦の駅舎を眺めていると、駅舎の復元に力を尽くした人々や、当時のままに駅を残したいと願った人の心意気を強く感じてしまうのだ。

「あの場所に一世紀も立っているわけだから、東京駅って特別な感じがするじゃないですか？　うちの祖母でさえ、二階建てだった頃の駅舎が記憶にあると言ってましたし……そこに自分がいることが誇らしいというか、嬉《うれ》しいというか……」

巡査長はチラリと恵平に目をやって、

「おまえ、やっぱ変わってるわ」とだけ言った。

巡査長は洞田《どうだ》といって、おもて交番での勤務が長い。ガッチリとした体格に四角い顔。四角いメガネを掛けている。男の子と女の子、二人の子持ちで、ときおり奥さんから電話がかかる。少年野球の試合とか、娘さんのピアノの発表会の日程とか、シフトについての電話が多い。そういうとき洞田は『お父さん』の顔になり、その顔を見るのが恵平は好きだ。

今朝の洞田は大股《おおまた》で歩き続けながら、仕事の段取りを話し始めた。

「引き継ぎでも言われると思うが、工事で駅のロッカーが一部使えなくなっているらしい。交番に着いたら、ロッカー案内用のパンフレットを出して、使えないロッカーに×印をしておいてくれ。場所はモモンガ」

「わかりました」

恵平は勇んで返事をした。

「駅周辺の地理は頭に入ったのか？」

続けて洞田が恵平に訊く。

「おまえ、勤務時間外にウロつきながら、頭に地理を叩《たた》き込んでいるんだってな？殊勝な心がけじゃないか。平野《ひらの》刑事から聞いたぞ」

平野というのは、さっきの若い刑事のことだ。

——堀北恵平と申します。得意なものは逮捕術。趣味は食べること。あと、路地や細道、裏道、隙間、狭い空間フェチですが、警察学校へは裏道入学していません。どうぞよろしくお願いします——

初めて署に来て挨拶したとき、ウケを狙ってそう言ってみたのだが、

「裏道じゃなくて裏口な？　不正なのは裏口入学」

クールに鼻で嗤《わら》われて、実社会の厳しさを知った。その相手が平野であった。そして話題になったのはウケを狙った挨拶よりも、女性に珍しい恵平という名前のほうだった。恵平に名前をつけたのは、中学校で校長をしていたお祖父《じい》ちゃんだが、名前の由来を知る前に他界してしまい、どういう謂《い》われか知るチャンスを失った。珍しがられる名前も今では気に入っているのだが、名前で男の子に間違われるのはしょっちゅうだ。

洞田によると、平野自身も名前にコンプレックスを持つという。平野はジンゾウという普通の名前で、どこがコンプレックスなのかわからない。それでも『変わった名前仲間』と思ってか、それ以来、平野は何かと恵平にちょっかいを出してくる。例えば今朝のように、ステーションホテルを拝んでいるというような豆情報を仕入れて恵平をからかってくるのである。平野も駆け出し刑事だが、警察官は先に入った者が先輩であり、先輩の存在は絶対だ。あれこれと思いを巡らせながら、恵平は、
「おかげさまで地下街以外はほぼ頭に入りました」とだけ答えた。

署からおもて交番までは徒歩で数分の距離である。その数分で、恵平たちは同じ顔ぶれとすれ違う。長いトングとゴミ袋を持って路上のゴミを拾うおばちゃん清掃員や、ホテルの前に立つベルパーソン。カフェの店員、はとバスのスタッフなど、駅周辺で仕事をしている人々だ。それぞれと挨拶を交わしつつ、いつもの面々がいつもの場所で、いつものように仕事をしていることを確認する。彼らが元気で変わりがなければ、管轄区内はほぼ平和だと思っていい。

警察官見習い堀北恵平の、長い一日が始まった。

一日に百万人以上が利用するといわれる東京駅は、構内の様々な場所にコインロッカーがあり、預けた場所で迷わないよう、アルファベットで区別をしたり、また、動物のイラストでわかりやすくしていたりする。交番奥の控え室で案内用パンフレットを広げ、恵平はモモンガマークのロッカーにだけ×印をつけた。

東京駅おもて交番に常駐するのは四名から六名で、二十四時間勤務の時は交替で二時間ずつの仮眠をとる。ただし、もめ事などで署員が現場へ駆けつけることがあると眠ってはいられないし、駅周辺は真夜中でも人が途切れることがないので、仮眠時間がとれることのほうが稀《まれ》である。恵平のような若い警察官は、職務とは直接関係のない体力面で重宝されて、炊飯やおかずの買い出し、皿洗い、お茶《ちゃ》汲みや掃除、本署との連絡係としての使いっ走りなど、一日中雑務に追われる。

「修理中なんですか？　モモンガのロッカーは」

×印をつけながら訊《たず》ねると、交番で最高齢の伊倉《いくら》巡査部長が、書類から顔を上げて教えてくれた。

「そうじゃなく、フロアの張り替え工事をしているらしい。工事中はロッカーに近づけないから、使用禁止にするんだよ。人が入ると危ないからね」

「何日くらい使えないんですか？」

「工事は今夜までだと聞いているから、今日配る分だけ×印がしてあればいいんじゃないかな」

「わかりました」

恵平はまたパンフレットに目を落とす。

交番の外では洞田が観光客に道案内をしているし、伊倉巡査部長のところへは、落とし物をしたご婦人が相談にやって来た。他の仲間はステーションホテルのドアマンに呼ばれて、立ち入り禁止の場所で写真撮影をしていた外国人と話しているし、もう一人はロータリーで起きた接触事故の対応に出ている。週末ともなれば、都内へ遊びに来た若者たちに注意を向けるだけで日が暮れる。東京駅がこれほど広いと思わずにやって来る人も多くて、乗り換え時間までにその路線へ辿《たど》り着けないなどの読み間違いも頻発する。次の列車はすぐに来るのでさほど問題はないのだが、地方から来た人などは苦手意識が前に出て、不安そうな顔で駆け込んでくる。

「一日も早く、先輩たちの役に立つ」

自分に言いつつ、地味な仕事をこなしていく。

食事は交番内で交替で取る。ごはんだけは炊飯器でまとめ炊きして、お茶はそれぞれ自分で淹《い》れるが、おかずの買い出しは恵平の仕事だ。先輩方のリクエストを訊き、お金を集めて買い物に走る。惣菜《そうざい》は分け合って食べるが、最後に食事をする恵平の頃には、めぼしいおかずが残っていない。トンカツのひとかけら、たこキュウリの一粒が、洞田巡査長や伊倉巡査部長の思い遣《や》りである。

スレンダーな恵平は食欲旺盛《おうせい》で、素早くごはんをかっ込むために、醬油《しょうゆ》ごはんのお茶漬けという技を体得した。勤務時間が長いのでしっかり食べないとお腹が空《す》くし、息をするだけでもお腹は空くのだ。

日が昇り、日が暮れていく駅前広場を眺めつつ、慌ただしい一日が過ぎて行く。日勤の仲間が交番を去り、夜のラッシュも一段落して、酔っぱらいが駆け込んでいく山《やま》手線《のて》の最終列車を見送ると、東京駅はシャッターを下ろして寂寥《せきりょう》感に包まれる。文化祭やコンサートが終わった後のような、達成感を伴う静けさだ。

たくさんの人が消えたことによる奇妙な淋《さび》しさ。闇に沈む広場と黒いビル。時折夜空に星が輝く真夜中の風景が、恵平はけっこう好きだ。

眠気覚ましのインスタントコーヒーを淹れながら欠伸《あくび》をした。このまま緊急呼び出しがなければ午前九時で非番に入る。書類を書いている伊倉巡査部長にもコーヒーを出して、再び外へ目をやった。

真夜中の駅周辺は街灯に照らされたものだけが見える不思議な世界だ。中空に浮かぶ四角い星は、まだビルにいる人がまばらに灯《とも》す明かりであり、駅前広場の広い夜空に、藍色《あいいろ》の雲が流れる様子が見て取れる。立ってコーヒーをすりながら、今夜は何事もなく終わりそうだと恵平は思い、仮眠中の洞田の鼾《いびき》を聞いていた。

コーヒーを飲み終えてカップを洗い、肩を回してコキコキと骨を鳴らしていると、突然、切羽詰まった靴音が近づいて来た。

こんな時間にあんな走り方をするなんて、なんだろうと振り向くと、制服姿の駅員が息せき切って交番に駆け込んできたところであった。

おもて交番の警察官は鉄道警察隊の仕事を一部兼ねていて、緊急事態が起きた場合には、迅速な対応が求められているのであった。

「き、来て下さい、大変です、コインロッカーに、し、死体……死体が……」

「なんですと」

伊倉は書類を閉じて立ち上がった。駅員は自分が来た方を指している。

何もできずに恵平は、テレビドラマのワンシーンを観ているようだと考えていた。

「堀北。すぐに洞田巡査長を起こすんだ」

「は、はい！」

自分が緊張してどうすると思いながら、仮眠室に声を掛けて洞田を起こす。

「行くぞ堀北、早くしろ」

背中から伊倉に怒鳴られて、恵平はさらに慌てた。眠気は一気に吹き飛んで、アドレナリンが体中を駆け巡る。手帳、拳銃《けんじゅう》、警棒、あと、あとは……考えている間にも伊倉は交番を飛び出して行く。

「洞田巡査長。ロッカーから死体が出たというので、行ってきます！」

洞田が起きるのを確認してから、恵平は伊倉と駅員を追いかけた。


伊倉たちはシャッターが下りた入口ではなく、職員専用の通用門へ走って行った。駅のシャッターは始発まで開くことはないが、終電から始発までの間に、掲示物の交換や設備のメンテナンス、特殊清掃などの作業を済ます場合も多くて、夜間の構内に工事人が入ることがある。今夜は地階のロッカー前で床の張り替え工事をしているのだと駅員が言う。

「どこのロッカー？」

伊倉が訊《き》くと、駅員は、

「地階奥のモモンガです」と答える。

恵平が使用禁止で×印をつけていたロッカーである。

「モモンガは使用できないんじゃ」

後ろから声を掛けると、四十がらみの駅員は振り返ってまた言った。

「そうです。電源も抜いてあるし、昨日から今日にかけては立ち入りできない状態でした。床の張り替えで、少しだけロッカーを動かそうとしたんですが、妙に重いということで、業者に呼ばれて点検したら木箱があって」

「箱ですか」

走りながら伊倉が訊く。

「白木の箱が入っていて、その中に……」

とにかく早く見て下さいと彼は言う。恵平と伊倉は彼について通路へ入った。

真夜中の構内は非常灯の明かりだけが灯る不思議な世界だ。どの店舗もシャッターを下ろして、壁ばかりになった建物内部に、だだっ広い通路が広がっている。薄暗さの中に色のついた明かりだけが灯っている様は、地下帝国のような雰囲気だ。止まったエスカレーターを階段のように駆け下りて行くと、地階どん詰まりのモモンガロッカーの前で、業者らと年配の駅員が待っていた。その場所だけは煌々《こうこう》と明かりが点《つ》けられて、スポットライトが当たっているかのようである。

彼らの足下にはスーツケース程の大きさの箱が転がっている。走る恵平らの靴音が響き、無線機のホルダーや警笛の鎖がカチャカチャと鳴る。警察官の到着を待つ職人たちの不安げな顔。床には資材が置かれたままで、内装工事は中断している。

「ここですここです」

見ればわかるのに、年配駅員が伊倉を呼んだ。誰もが黙ったままなので、その沈黙が居たたまれないというふうに。

箱を見たとたんに恵平は緊張してきたが、さすがの伊倉は速やかに職人たちの許《もと》へ辿り着き、箱の前部に屈《かが》み込むと、懐中電灯で中を照らした。

「むう……」と言う。

箱を囲むのは合計八名。工事人は四名で、うち一人が内装工事を指揮する業者だという。ほか、駅の職員が二名、残りが恵平と伊倉である。

「ロッカー内を確認したら、この箱が入ってまして、引き出すときに誤って倒してしまいました。角が欠けて、そうしたら、中に……」

年配の駅員が伊倉に説明する。なるほど白木の箱は一部破損して穴が空いていた。破損箇所は蓋《ふた》の部分で、本体よりも薄っぺらな板が釘《くぎ》で打ち付けてあるだけだ。倒れた拍子に角が欠け、蓋が一部剝落《はくらく》して、そこから内部が覗《のぞ》ける状態だ。

　恵平は伊倉の後ろで腰を屈めて中を覗いた。

　箱からは植物のような匂いがする。まだ新しい藁《わら》、それとも草原、力強い土と草の香りに思えた。欠けた部分は二十センチ×五センチ程度。伊倉が照らすライトの先に真っ白な肩と真っ白な手が見える。人間のようでもあるが、人形かもしれない。一部分しか見えないので判断のしようもないけれど。

　伊倉は現状を写真に残すと、工事人から軍手と工具を借りて薄っぺらな蓋を外しにかかった。工具の扱いに慣れている工事人らが手伝ってくれる。

　こんな時にも恵平は、一心に様子を見守るだけだ。

　真夜中のコインロッカーから箱が出て、中に死体らしきものがある。

　一部始終を目の当たりにしてすらも、どこか現実離れしているように感じてしまう。箱には血もついていないし、不快な臭いがするわけでもない。隙間から見える部位は真っ白で、人というより作りもののようだ。

　この場にいる全員が同じ感覚に陥っているようで、酷《ひど》く取り乱す者はいなかった。一同が固唾《かたず》を呑《の》んで見守る中、ギリギリと蓋を剝《は》がす音だけが大きく響く。

　すべての釘が抜けたとき、伊倉は業者に礼を言い、恵平に蓋の反対側を持てと指示した。アイコンタクトを取りながら二人で蓋を持ち上げる。

「はぅっ」

と誰かが息を呑む声がして、その声がもう怖い。咄嗟《とっさ》に顔を背けた業者の姿も、恵平はドキリとして恐ろしかった。

白木の箱には、両足を折り曲げ、交差した腕で自分を抱えた裸の遺体が詰め込まれていた。丸い肩に指が載り、その上で頭が俯《うつむ》いている。

「……まだ子供じゃないか」

ため息のように伊倉が言う。たしかに少年のようである。

人形のような死体から、恵平は目が離せない。天井の明かりが当たって、真っ白な皮膚が光っている。まるで、この箱に入るために作られた体のようだ。

本当に人間なのか。本当に、これは死体なのだろうか。少年は孵《ふ》化《か》し損ねた雛鳥《ひなどり》のように両手両足を折り畳まれて、みっしりと箱に詰められている。たぶん首が折れていて、そのため顔ではなく頭頂部が見える。サラサラの髪は一部が引き攣《つ》れ、色褪《いろあ》せた紐《ひも》が頭の後ろで結ばれている。手足は華奢《きゃしゃ》で、まだ細い。

それにしても……

人間の体が小さな箱に、これほどスッポリ納まるなんて。夢を見ているような感覚

で、恵平はソロソロと少年の顔を覗き込み、

「ひゃっ」

しゃっくりのような悲鳴を上げた。伊倉は無言で恵平をどかし、そして、

「なんだ……これは……」と、顔をしかめた。

少年は、灰色で、とても奇妙な顔をしていた。

波形に歪《ゆが》んだ眉間《みけん》の皺《しわ》。カッと見開いた大きな眼。胡坐《あぐら》をかいた鷲鼻《わしばな》に、イと言う形に開けた口、そして牙《きば》。灰色の皮膚は所々が剝げ落ちて、眼には金色の塗料が塗られ、その中央に穴があり、黒く内部が透けていた。

「お面……？」

恵平が呟《つぶや》くと、伊倉は再び、

「なんなんだ……これは……」

と、呻《うめ》いた。

まだ腐敗網もでていない真っ白な体。

儀式さながらに箱詰めにされた少年は、異形の面を被《かぶ》っていた。

第二章　少年全裸箱詰め事件

伊倉から本署への通報を受けて、すぐさま鑑識と刑事たちが駆けつけて来た。

静かだった構内で現場検証が始まって、床の張り替え工事は中断された。

工事人たちは未明に仕事を終えるスケジュールを組んでいたために、張り替え工事をどうするか、片隅で駅員たちと打ち合わせている。どう転んでも捜査が終了するまで作業はできないし、作業が終わらなければ一角を開放することもできない。

上司に指示を仰ぐ駅員の声。

新しい作業日程について相談し合う工事人たちの声。

頭を抱えた彼らの脇で、鑑識作業は粛々と進む。鑑識捜査が終わらないかぎり刑事も現場に立ち入れないので、呼び出された平野らは煌々と照らされた箱の脇から作業の様子を見守っている。恵平も現場の隅で、その見学を許されていた。

「刑事はその場でメモを取ったりしないんだ。状況のすべてを頭に叩《たた》き込んでおくんだよ」

立ち尽くす恵平の脇で伊倉巡査部長が囁《ささや》いた。

「なんでもすべて覚えておくことだ。きみはこれから、どこへ配属されるかわからないんだから」

「はい」

そう答えながらも恵平は、これが警察官の仕事なのかと考えていた。

「ロッカーから出すために、箱に触ったんですね？」

ベテラン刑事が業者に訊《たず》ねる。そして、犯人の指紋と比べるためにも、指紋の提出をして欲しいと彼らに求めた。真夜中に呼び出されたにも拘《かか》わらず、鑑識官らは床に這《は》いつくばって微物や指紋を採取しながら、隅々まで確認している。あまりに多くの人が行き交う構内だから、採取した微物が即犯行に結びつくわけではないのだが、作業の手は一切抜かない。その姿には感銘を受ける。

「どういう状況だったんだ？」

突然、平野が声を掛けてきた。いつもは小洒落《こじゃれ》た私服が多い平野だが、今夜はマスクをして保護帽を被り、腕カバー、足カバー、手袋に髪カバーと、カバーだらけの出《い》で立ちだ。フルシャットマスクの上から二重で切れ長の目が見下ろしてくる。

「床を張るためにロッカーを動かしたとき、重さが変だと気付いたようです」

「ロッカーの鍵《かぎ》は？　開いていたか、閉まっていたか」

どうだったのだろう。恵平は首を傾げた。

「そのくらいのことは訊《き》いておけよ。ったく」

「すみません」

と、答えると、苦笑交じりに伊倉が告げる。

「鍵は開いていたそうです。電源が切れているとそうなるようですな」

現場では死体の確認が進んでいるが、真夜中で野次馬がいないため、ブルーシートの目隠しはナシだ。激しく焚《た》かれるフラッシュが、恵平の目に突き刺さる。

「死体だけどさ、最初からあの変な顔だったのか？」

平野はまた恵平に訊いた。

「箱は蓋《ふた》を釘《くぎ》で打ち付けてあって、運び出そうとして倒したときに角が欠けて、少しだけ中が見えていました。覗《のぞ》き込んだら肩と手のあたりが見えて……人形かもしれないと……それで、確認のために蓋を剝いだら、あの状態で詰まっていたんです。お面は被ったままでした」

「ミッチミチに詰まっているから、倒れても体が動かなかったのかもな」

だけどよく詰め込んだよな、と、平野は言った。

その後ろで、死体は箱から出されようとしていた。死後硬直は解《と》けていて、複数の署員によって抱き上げられた少年の体はダラリとしている。それがブルーシートに横たえられるのを、痛ましい想いで恵平は見ていた。即座にメジャーが置かれて、写真が撮られる。横からも、前からも、後ろからも。

背中下方と臀部《でんぶ》にある黒っぽいシミを指さして、平野は言った。

「あれが紫斑《しはん》だ。実物を見るの、初めてだろ？」

「はい……」

答えながら恵平は吐きそうになって口を覆った。

死体は比較的新しくて、臭いが酷《ひど》いとか、膨らんでいるとかいうことはなかったが、命を持って動いていたはずの体がクニャクニャになったのを目の当たりにしたら、突然生唾《なまつば》が溢《あふ》れてきたのだ。死体の家族……特にお母さんは、どんなにショックを受けるだろうか。

「吐くなよ？」

片方の眉《まゆ》だけ上げて平野が言う。

「現場を汚さないのは鉄則だからな」

恵平は平野に背中を向けて、必死に呼吸を整えた。

「平野、ちょっと」

検視官が平野を呼んだ。それを機に、刑事課の刑事らが床に敷かれたシートを踏んで少年の死体に近づいて行く。

「目を逸《そ》らさずに見ておきなさい」

伊倉が再び恵平に言った。

「何でもかんでもよく見ておくことだ。自分が選んだ仕事をね」

「……はい……」

飲み下しても、飲み下しても溢れてくる生唾を根性で抑えて、恵平は捜査の現場に目を凝らす。吐いたら被害者に申し訳ないと思うし、被害者のせいで吐き気がするわけではないのだけれど、衝撃が吐き気になって襲って来るのを止められない。吐いてたまるか。絶対に吐くものか。そう自分を鼓舞する間にも、涙があふれて来そうであった。

フラッシュの中、検視官が少年の首を傾けて、面を縛った紐《ひも》と、その結び目を記録に納める。仰向《あおむ》けに置かれた体は弛緩《しかん》して、つま先が外側に開いている。全裸にいやらしさや恥ずかしさを感じる余裕など微塵《みじん》もなくて、現実離れした皮膚の白さと、薄い胸板に載った乳首の突起が作りものめいて痛々しい。少年は首の骨が折れているようで、動かす度に頭部がグラグラとした。

中年の検視官は死体の髪を掻《か》き分けて、その部分を写真に撮らせた。

「頭部に裂傷あり。鉈《なた》、もしくは小型の斧《おの》のようなもので一撃されたみたいだな。死因はこれか。頭蓋骨《とうがいこつ》がバックリ割れて……即死だったかもしれんなあ」

頭を指先でなぞりながら言う。

「かなり出血したはずだが……殺してから死体を洗ったのかな……血の跡がほとんどないな。髪もきれいだ」

何を思ったか検視官は、死体に鼻を近づけて髪の匂いを嗅《か》いだ。

「草みたいな匂いがするな。鑑識。髪の付着物を分析に回してくれ」

呼ばれた鑑識官は綿棒で髪を拭《ふ》き、写真に撮ってから小型ケースにサンプルを収納した。さらに髪を数本切ると、これもサンプルケースに入れて番号を打ち、何番がどの写真にあたるかメモに残した。

「首の骨が折れているみたいじゃないか」

検視官の隣に座り込み、刑事課の河島《かわしま》班長が口を出す。

「生活反応がないからなあ、箱に詰めるために折ったんだろう」

死体を傾けて背中を見せると、検視官は一部を指した。

「ここ。両膝《りょうひざ》で押したような跡がある。後転の姿勢にさせておいてから、のし掛かったのかもしれないな。前から喉《のど》を切って骨を外した方が楽なんだが、それだと首は背中側に折れて、箱詰めするには具合が悪かったってことなのかもな」

検視官の説明に恵平は戦《おのの》いた。とてもじゃないが、人の体について話しているとは思えない。少年の遺体はあまりにも事務的に観察されていくのだった。

「緩解具合からいって死後二日以上。年齢は、十二歳から十四歳というところかな」

「なんなんだろうな？　その気持ちの悪い面は」

班長がペン先で面を指す。検視官は「さあな」と首を傾げてから、

「外すぞ」と、周囲を見上げた。

作業員や駅員は、聴取のために少し離れた場所に連れて行かれた後である。通路の先に休憩所があるのだが、そこに腰を下ろして捜査員と話をしている。

こんな作業を見せられなくて、作業員らは幸いだったと恵平は思う。

検視作業は捜査の一環なのだから、家族が死者に接するようなわけにはいかない。事務的に状況を確認しながら遺留物や痕跡《こんせき》を探す警察官と、されるがままの遺体を見ていると、人間の尊厳とはなんなのだろうと考えてしまう。

捜査員は死者を悼むことよりも、加害者の痕跡集めに心血を注ぐ。それが警察官の仕事なのだと、恵平は他人事《ひとごと》のように考える。実況見分が終了すれば、少年は署に運ばれて、今度は監察医が見分し、そしてその体を見下ろしながら、大勢の刑事が話し合うのだ。

（警察官……）

自分自身を鼓舞するように、恵平は心の中で呟《つぶや》いた。

可哀想な少年の顔から、異形の面が外される。

グラグラした頭を抱えられ、皮膚に傷がつかないように、ゆっくり面が持ち上げられると、醜く灰色で黄金の眼を持つ面の下から、青白い顔が現れた。弛緩してノッペリとした印象に変わってはいるが、仏像のように整った面差《おもざ》しだ。閉じた両目は糸のようで、頭部を一撃された苦痛も恐怖も感じられない。あれほど顔色が悪くなかったら、眠っているか、それとも石膏《せっこう》細工のように思えただろう。

こんな少年が、頭をかち割られたうえ裸にされて、首を折られ、箱詰めにされていたなんて。

初めて現場を見たことで、初めての感情が、恵平の頭をぐるぐる回る。とある瞬間に日常を跨《また》いで非日常の世界に踏み入ってしまったような感覚。さっきまで自分を包んでいた世界がぐるりと回転したような。あまりに恐ろしくて、足下の地面が抜けて行くような。それでもここに踏み留《とど》まろうとするならば、自分が警察官であることにすがるしかない。

ふと、犯人は少年に対して特別な感情を持たない人物なのではないかという気がした。もしも知人が犯人ならば、固くて痛そうな白木の箱に、裸で詰め込むような真似はしないのではないか。また逆に、少年の顔を見るのが後ろめたくて顔を覆ったとするならば、どうしてあんなにも気味の悪い面を被《かぶ》せたのだろう。頭部を一撃という情け容赦のない殺し方をしながら、その後に死体を洗ったのはなぜだろう。そもそも、これほど多くの人が行き交う駅に、どうして彼を置いたのだろう。

様々な疑問が心に湧いて、いつしか恵平は、犯人像を必死に求めている自分に気が付いた。それはまだ些細《ささい》な変化に過ぎなかったけれど、証拠品を見る目で少年を見る先輩警察官らの胸に、探究心と怒りと使命感が燃えているらしいことを漠然と理解し始めていた。煌々《こうこう》と明かりに照らされた死体発見現場で、時間はどんどん過ぎていく。可能であれば始発列車が動き始める前に現場検証を終わりたい。事件は見世物ではないのだし、被害者とその家族の気持ちを考えるなら、なおさらだ。

「おい。適当なところで交番に戻れよ」

鑑識作業を見続けていると、班長が立ち上がって伊倉に言った。

少年の体は死体運搬袋に入れられて、ファスナーが閉まるところであった。

「はい」

伊倉巡査部長が頭を下げて、後ろ手に恵平を追い立てる。

恵平は慌てて会釈して、白くライトが照る現場に背中を向けた。

行く手の暗がりに工事人たちが待機している。現場に作業道具を置いたままなので、検証が終わらないと片付けることすらできないのだ。妙なものを撮影されないためにもスマホは操作しないよう協力を求められ、離れた場所から手持ち無沙汰《ぶさた》に現場の様子を見守っている。

地上では夜が明け始めているのだろうか。

束の間の静寂を終えた東京駅のシャッターは、間もなく開く。

早朝六時のニュースでは、駅構内のコインロッカーから全裸の少年の死体が発見されたと報道されたが、彼が不気味な面を被っていたことや、白木の箱に詰められていたことなどは伏せられていた。恵平はそれを、東京駅おもて交番の仮眠室にある小さなテレビで確認した。結局昨夜は仮眠をとれず、こんな時間に休憩する羽目になった。それでも初めて遭遇した事件に興奮してしまい、眠ることなどできなかった。休憩に与えられた時間中も、ずっと、恵平は事件のことを考えていた。

通勤の人々がいつも通りに動き出し、いつも通りの顔ぶれが、いつものように交番の前を通って行く。この日の朝はよく晴れて、スポンとビルが途切れたように見える行幸通りに、真っ青な空が広がっていた。

「とんでもねえ事件が起きたなあ」

仮眠室の脇で朝食をとりながら洞田巡査長が言う。冷たい残りご飯にお茶をかけ、昨日の残りの沢庵《たくあん》をおかずにかっ込んでいる。洞田と一緒に食事中の伊倉巡査部長は、

「ロッカーから遺体入りトランクが見つかったことは前にもあったが。あれは、親の年金を当てに暮らしていた息子の仕業だったからな。まだ理解が出来るというか」

と、インスタントコーヒーを飲みながら言う。

「アパート暮らしだったから、死体を家にも置いてはおけず、かといって葬式を出せば年金が打ち切られてしまう。で、処置に困ってロッカーに置き去りにしたと。あの時は、バカ野郎がバカなことをするもんだと思いましたよ。今どきは、そこいら中に防犯カメラがあるっていうのに」

洞田は沢庵で茶碗《ちゃわん》の中を軽く洗うと、お茶を飲み干して沢庵を噛《か》んだ。話す度にパリポリと音がする。

「今回も、もちろん犯人はカメラに映っているはず。そうですね？」

訊《き》かれた伊倉は生あくびを噛み殺した。

「そうだな。あんな箱を担いで来たとも思えないから、妙な荷物を持っている人物を特定すれば、容疑者は容易《たやす》く見つかるだろうが……まあ……」

それから少しだけ声を潜めて、「堀北はよく頑張ったぞ」と、洞田に言った。

「吐いたりしませんでしたか」

「耐えていたな」

「現場のあとに飯も食えないようじゃ、まだまだですがね」

「そう言うな」

伊倉は洞田の肩を叩《たた》いて立ち上がった。

「まだ二十二だ。その割に、堀北はいい目をしていた。研修当初にあんな事件と遭遇するなんて、『持ってる』かもな。楽しみなことだ」

厳しい警察学校を修了できても、研修途中で挫折《ざせつ》していく者はいる。その後、再び警察学校に入って次の課程を修了し、さらなる研修を無事に終えて初めて、新人警察官になれるのだ。

「仕事全般に言えることですが、向き不向きってのは、ありますからね」

最後の沢庵を飲み下《くだ》し、洞田は、恵平がいる仮眠室に目をやった。

「そうだな。特に俺たちの仕事は、我慢すれば続けられるってものじゃない。仲間と、それから自分の命に関わるからな」

「そういうことっスね。さて、じゃあ」

洞田は伊倉を残して立ち上がり、

「堀北。俺が後ろにいてやるから、起きて立番《りつばん》をやってみろ」

と、恵平を追い立てた。


この朝、恵平は初めて交番の前に独りで立った。

とはいえ、すぐ後ろには洞田がいて、その奥には伊倉がいるのだが。

警帽を被り、背筋を伸ばし、朝日に建物の影が落ちる駅前広場を正面に見て立番するのは清々《すがすが》しい気分であった。足早に駅を出て行く人々や、足早に駅に来る人々が、流れるように目の前を行く。歩くのが遅いお年寄りとはたまに目が合うことがあり、そういうときには「おはようございます」と声をかける。無視する人もいるけれど、挨拶《あいさつ》を返してくれる人もいて、そのたびに少しずつ気持ちが晴れていく。

　おもて交番からは行幸通り奥の皇居の森が少しだけ見える。ここで初めて空を見た時は、東京の空はこんなにも美しかったのだろうかと驚いた。ごみごみと建物に切り取られた窮屈な空じゃない。広くて清々しい空の様子は、東京という不思議な場所の歴史と息吹を感じさせた。恵平は生活の匂いがする狭い裏小路を開拓するのが大好きだが、それに負けないくらい、広い場所や大きな空も好きだった。

　立番しながら朝の空気を吸っているうちに、昨夜から澱《おり》のように溜《た》まっていた暗い気持ちや、あの少年の白い体や、不気味な灰色の面の記憶が浄化されてゆくようだった。ここの景色は最高だ。だから非番の時でも見たくなる。地理を知る散歩のあとに地下道を出るのはそのためだ。

　大した混乱もなく、午前九時に交替警察官の到着を待って、恵平は二十四時間勤務を終えた。引き継ぎをして署に戻り、書類をまとめて非番に入る。

　洞田が立番をさせてくれたおかげで、少しお腹が空《す》いてきた。現金なもので、一週間は何も食べられないと思っていたのに、モーニングセットくらいならお腹に収まりそうである。キツネ色に焼けたトーストに溶けるバターを想像したら、お腹が鳴った。

　恵平は私服に着替えてモーニングを出すカフェへ向かった。

署から駅へ向かうルートに『はとバス東京営業所』があって、並びに小洒落《こじゃれ》たカフェがある。小さな店だがコーヒーが絶品で、落ち着いて軽食を食べられる。その店を目指して歩くうち、またしてもゆうべのことを考えていた。少年はどこの誰で、なぜあんな目に遭わされなければならなかったのだろう。

恵平は刑事ではないけれど、あんな場面に遭遇したら、やはり犯人が気に掛かる。あれこれと思案していたら、うっかりカフェの前を通り過ぎ、戻ろうと思って振り向いたら、はとバス乗り場の待合スペースで自販機のお茶を飲んでいた中年のグループと目が合った。

「おはようございます」

反射的に挨拶すると、あちらも挨拶を返してくれた。でも、そのせいで今来た道を戻るのが恥ずかしくなって、恵平はさらに先へ進んだ。そこにあるのは煉瓦《れんが》駅舎の裏側で、近代的なビルの周囲はすでにたくさんの人で賑《にぎ》わっている。そのまま歩き続けて構内に入り、ついには丸の内北口まで歩いてしまった。

現場がどうなったかわからないけれど、外側から見る限りはいつもと同じ駅の様子だ。ドーム型のコンコースを通って外へ出ると、デッドスペースに椅子と踏み台と道具箱を置いて商売をしているお爺《じい》さんがいる。

やや着膨れた小さい体、分厚く靴下を重ねた足と、目深にかぶったハンチング。親指と人差し指に絆創膏《ばんそうこう》を巻いて専用の小さいイスに腰を掛け、道行く人の足下に目を注いでいるのは、この道七十年近いという伝説の靴磨き職人だ。このあたりではペイさんと呼ばれ、露店を持つのをただ一人許された人だという。

店といっても椅子と道具だけが地べたに置かれる可動式。ペイさんの呼び名は、靴を磨いた後でペイ（支払い）を求めることからついたといわれる。新品の靴をペイさんに磨いてもらうと柔らかさが増して長く保《も》ち、古い靴ならピカピカになって、やはり長く保つという。大切な商談の前は験を担いでペイさんに靴を磨いてもらう社長さんも多い。伊倉巡査部長によれば、ペイさんは東京駅の一部だと言う。

「あ。ペイさん、おはようございます」

敷マットの上に靴載せ台を置き、ブリキの缶に入った商売道具は広げた足の間に置いてある。腰から下にエプロンを掛け、ゴムの袖止《そでど》めを着けたペイさんは、恵平が声を掛けると、

「はいよ、おはようさん」

と、片手を上げた。お客さんはまだいない。

「お天気になってよかったですね。今日も商売繁盛間違いなしですね」

話しかけただけで通り過ぎようとすると、

「ちょいとちょいとケッペーちゃん」

珍しくもペイさんに呼び止められた。

絆創膏を巻いた指で客用の椅子を叩いている。官給の革靴が汚れているのかと思ったが、それほど汚いわけでもない。怪訝《けげん》そうな顔で椅子に掛けると、ペイさんは、

「コロシがあったんだってねえ。ゆうべ、駅の構内で」

恵平の足を踏み台に載せてささやいた。

「コロシがあったわけじゃないですよ？　遺体が見つかったというだけで」

ブラシで靴の埃《ほこり》を払いながら、ペイさんはすましている。

「ニュースを聞いたんですね？　でも、まだ何もわかっていないんです」

「可哀想に。子供だったって？」

「だから、まだ何も」

情報を聞き出そうとしているのかと思って足を引っ込めようとしたけれど、ペイさんは恵平の靴を足ごと摑《つか》んで踏み台に戻した。布で汚れを拭《ふ》き取ってから、クリーナーを選別している。

「別にケッペーちゃんから話を聞き出そうなんて思ってるわけじゃないんだよ、おい

ちゃんはさ……っていうか、あんた、若いのに腰病みだろう？」

「え？　そんなことがわかるんですか？」

「そりゃぁわかるよ、この道六十八年なんだから。靴の減り方を見ればさぁ」

実は恵平には一つ特技がある。両肩の関節が外せるのだ。それが何の役に立つかと聞かれれば、狭い穴に体が挟まったときに抜け出せるという程度のものだが、そのせいか（関係ないかもしれないけれど）重量物を持つときなど腰にくることがある。若いのに腰病みなんて恥ずかしいから、誰にも言ったことはない。

ペイさんは靴にクリームを塗ると、丁寧に指で伸ばして布で拭いた。シャカシャカシャカシャカ……ここを通るたびに彼の仕事を見ていたけれど、実際に靴を磨いてもらうと、動きに一切の無駄がない。見惚《みと》れてしまうような手の動きだ。

「ロボットみたい……っていうか、ロボット以上の動きですねぇ」

「馬鹿を言っちゃいけないよ」

ペイさんは鼻で嗤《わら》った。

「同じ作業を延々と繰り返すことでは負けちゃうかもしれないけどさ、ロボットは臨機応変ってやつができないだろう？　おいちゃんは靴と話しながら磨いてるんだよ。絶対ロボットには真似できない。ケッペーちゃん」

ペイさんは一瞬だけ靴から目を離し、恵平の瞳《ひとみ》をチラリと覗《のぞ》いた。

「あんたはさ、きっと、おいちゃんの磨いた靴みたいな警官になるよ」

おいちゃんの磨いた靴みたいって、どういうことだろう。意味もわからず、恵平はペイさんの手元を見つめた。ほんのわずかな水をピピッとかけて、ペイさんはまたシャカシャカシャカと布を動かす。目にも留まらぬ早業だ。

「そういや、メリーさんが風邪ひいたみたいだねえ」

突然ペイさんはそう言った。

「雑誌拾いに出ていくところを見たけれど、いつもと違って動きが悪いね。あの婆さんも長いから、今年の冬はきつかろう」

「……お医者さんへは行ったのかしら……？」

ペイさんは片方の靴を仕上げて恵平を見上げた。

「あんたはまだ、若いねえ」

また意味のわからないことを呟《つぶや》いて、そしていきなり話題を変えた。

「そういえば、おいちゃんは一昨日《おととい》、可哀想な靴を見たっけね」

「可哀想な靴って何ですか？」

もう片方の足も踏み台に載せられる。比べてみれば、ペイさんが磨いてくれた靴は支給されたときより輝いている。恵平は靴の中で足の指を動かしてみた。

「うわぁ凄《すご》い。このままパーティーに履いて行けそう。それに、あれ、なんだか靴が柔らかくなったような」

「そりゃそうだよぅ。そうでなくっちゃ、誰がペイを払うんだい」

ペイさんは「くぇ、くぇ」と笑った。

磨いた靴の謂《い》われはこれか。手入れした靴は柔らかさを増して、しかも頑丈になるのだそうだ。柔軟さと強靭《きょうじん》さ。優しさと強さは共存できるとペイさんは言う。

「靴には人生が出るからね。特に刑事さん、刑事さんの靴は働き者だよ」

本署の刑事課を思い浮かべてみたが、先輩たちがどんな靴を履いているのか記憶になかった。

「刑事の靴なんですか、ペイさんが見た可哀想な靴って。働き者の靴？」

「革靴じゃなくってスニーカーだったよ。それが、斜めに傷が入っていてさ」

「斜めに傷ですか」

恵平はオウム返しに訊《き》いた。あまり興味深い話題ではなかったからだ。

「おいちゃんはさ、毎日、ずーっと、ここで靴ばっかり見てるだろ？　だから、人の足元が気になってねえ。あれは何かで引っ掻《か》いた傷だよ。構内のさ、どこかに、ほら、あっちこっちで、ずっと工事をしてるじゃぁないか？　そういうとこにさ、角とかバリとか、あるんじゃないの？　若い人はともかく、足の悪いお年寄りなんかが引っかけちゃったら危ないよ。小さい子供も危ないね。本当は駅員さんに言えばいいんだけど、ちょうどケッペーちゃんが来たからさ」

工事箇所はゴムシートやテープで養生されているものの、すべてが安全だとは言い難い。死体が出たロッカーだって、これほど大勢の人がいるのに、しかも防犯カメラがあるのに、あんなものが堂々と置かれていたのだ。機器がどんなに進化しても、人の目が行き届かない死角はどこにでもある。

「たしかにペイさんの言うとおりですね、すぐに点検してもらいます。伊倉巡査部長に相談して」

靴磨きの仕上げを終えて、ペイさんは恵平を見た。

「あんた、素直ないい子だねえ、はい、終わり」

ニカリと笑って手のひらを出す。

「えっ、お金取るんですか？」

「そりゃ当然。警察官の靴をタダで磨いたら賄賂《わいろ》になるだろ」

恵平はポケットをまさぐって、靴磨き代九百円也《なり》をペイさんに支払った。立ってみると、同じ靴とは思えないほど履き心地がよくなっていた。それに何よりピカピカだ。たった十数分でこの仕上がりは、魔法を見たような気分であった。

「ところで、ねえペイさん。ゆうべの事件だけど」

「うん？」

「犯人は捕まるかしら」

ペイさんは帽子の下から眩《まぶ》しそうに恵平を見上げた。

「おいちゃんは靴磨き。ケッペーちゃんがお巡りさん」

「お巡りさんというか、正確には卵ね、卵。私はまだ卵なの」

「なんだって最初は卵だよ。それが七十年近くも修業していれば、ベテランと言われるようになるんだよ」

自分に名前をくれたお祖父《じい》ちゃんがペイさんの口を借りて話したようで、恵平はなぜかじんわりとした。

「はい。頑張ります」

「あ、そうだ。あんた、毎朝、東京駅を拝むんだってね？」

またその話か。言い訳しようと振り向くと、

「おいちゃんよりもずっと長生きの駅なんだ。あたりが野《の》っ原《ぱら》だった頃からここにい

て、地震も、空襲も、乗り越えてきた駅だから。だから、なんでも知っていると思うよね。もしも何かを知りたかったら、東京駅に訊くといいよ」

「駅に訊くって？」

「はい、いらっしゃい」

ちょうどその時、次のお客がペイさんの前に座って、恵平はその場を離れなければならなくなった。ペイさんは相変わらずお客の足元だけを見て作業している。シャカシャカ、シャカシャカ。くたびれた靴が見る間に輝きを取り戻していくのを横目に、恵平はその場を後にした。


ペイさんから聞いた話を伝えに交番へ戻り、どこかに危険なバリなどが出ていないか確認してもらうようお願いをしていると、一晩中の勤務が祟《たた》って急に眠気が襲ってきた。モーニングセットはもうどうでもよくなって、コンビニでパンと牛乳を買い、寮に引き返すと、狭い押入れの上段に作った専用ベッドでぐっすり眠った。

へばりつくような悪夢を見続けて、目が開いたのは夕方だった。風呂《ふろ》に入ってサッパリすると、ようやく『人間』に戻れた気がした。

勤務時間中は重い装備を身につけて走り回るので、勤務が終わる頃にはいつも汗だくになっている。そのまま眠ってしまったこともあり、『人間』に戻る前は『汗かき魔神』の気分であった。録画のニュースを見ながら部屋を片付け、カレンダーで勤務予定を確認してから、まともな食事をするために外へ出た。

恵平は署へ来たばかりで友人もいないので、非番や休みに誰かと行動を共にすることがない。一番はまだ心にゆとりがなくて、時間があっても楽しもうという気分になれずにいるのだ。むしろ外を歩き回って地理を頭に叩《たた》き込んでいる時のほうが安心できる。警察官という職業への期待と不安を比べれば、今はまだ不安の方が断然大きい。だから不安を認識する暇がないように自分を追い立てているのかもしれなかった。

少年の身元はわかったのだろうか。録画したニュースでは、事件の進展が伝えられていなかった。あの子は司法解剖に回されたのだろうか。

履きやすくなった靴で歩き回りながら、今のところそれを確認する術《すべ》はないとわかってもいた。新人未満が捜査状況を耳にすることはないのだし、本署では捜査本部が立って、先輩たちは大忙しだろうとも思う。

捜査本部かぁ……。

すれ違う人が多いので、頭の中で呟いてみる。

捜査本部なんて、まるで刑事ドラマみたいだ。正直に言うと、その響きには憧《あこが》れがある。一方で、少年の生々しい体や皮膚や、表情を失って弛緩《しかん》した顔や、不気味な面のビジョンが次々にフラッシュバックして、気持ちが悪くなってくる。寮で眠っていたときも、ずっと地下のロッカーを悪夢に見ていた。

呉服橋《ごふくばし》のガード下へ向かうときに、また丸の内北口を通ったけれど、ペイさんはもう仕事を終えていた。東京メトロ丸ノ内線の入口付近で立ち止まり、改めて駅を振り返る。どの角度から見ても重厚で美しい建物だと思い、この場所で七十年近くも靴を磨き続けてきたペイさんの言葉が脳裏を過《よ》ぎった。

——東京駅に訊くといい——

この建物は見ていたはずだ。

犯人が死体を運び込むところも、少年をロッカーに残して出て行くところも。

——私、堀北恵平です。交番で研修中の、警察官の卵です。ゆうべ、駅の構内で、かわいそうな少年の死体が見つかりました。あんなことをした犯人が許せません。だからお願いです。犯人が誰か教えて下さい。できることは何でもしますから、あの子の無念を晴らさせてください。お願いです——

恵平は胸の中で呟いて、ペコリと駅舎にお辞儀した。

第三章　東京駅うら交番

丸の内北口を呉服橋方面へ進んで行くと、駅前の洗練された雰囲気からガラリと変わって、ガード下に小さな飲食街がゴミゴミと繋《つな》がっている。それは恵平が大好きな雰囲気だ。高架橋とビルに覆われた空は狭く、足下に敷き詰められた灰色のピンコロ石、古《いにしえ》の面影を残す煉瓦《れんが》壁、剝《む》き出しの排水管や古い鋼材の金具など、タイムスリップしたように大正レトロな一角に出る。東京は不思議な街だ。最先端をゆく近代的な建築物と、時間が止まったかのように懐かしい景観が共存する。

寮で食事を作らない恵平の行きつけは、呉服橋ガード下にある焼き鳥屋で、店の名前を『ダミちゃん』という。ダミちゃんは店の大将で、七十に近い六十代。自称郷《ごう》ひろみ似の美男子だが、音痴でだみ声なのでダミさんと呼ばれている。

十月の都内は日によって蒸し暑く、ガード下の歩道には、ビールケースの椅子や一斗缶のテーブルがメニュー看板の隙間に並べてある。焼き鳥を焼く煙がもうもうと立ち、アルコールと醬油《しょうゆ》だれの混じった空気が漂う。

ダミちゃんの焼き鳥はどれも絶品だが、恵平はここのレタス巻きサラダが好物だった。山盛りのシャキシャキレタスにガーリック味噌《みそ》マヨネーズ味の鶏《とり》そぼろが絶妙にマッチして四二〇円。ひと皿でビール二杯はいける代物だ。仕事帰りのサラリーマンで賑《にぎ》わう店の暖簾《のれん》をチョイと上げ、

「ダミさん、ごはん食べれる？」

と訊《き》いてみると、炭場に立っていたダミさんが、

「いいよ、ここ」

と、カウンターの隅を指さした。

『レ』の字に曲がったカウンターの一番奥は、座ったらなかなか出てこられないので大抵空いている。恵平はその席か、いっそ路上のビールケースに座るのが好きだ。すでに赤い頰をしたサラリーマンに「すみません、すみません」と言いながら入って行くと、席に辿《たど》り着くより先におしぼりと割り箸《わばし》がカウンターに置かれた。

店内は煙で白く霞《かす》んでいる。開けっ放しの入口から、煙はモクモクと屋外へ流れてゆき、それを髪に浴びながら、ビールケースに座ったお客が酒を飲んでいる。服に匂いがつくので女性客はあまり来ないが、恵平はそんなところも気に入っている。

油でべとつくカウンターの奥に陣取ると、

「ビールでいいかい」

　とダミさんが訊く。呑《の》みたい気分ではなかったが、食事は利幅が小さいと聞いているので黙って頷《うなず》く。ビールはともかく、一緒に運ばれて来るお通しが最も儲《もう》かるらしい。通常メニューは常連客の懐に配慮して良心価格にしてあるからだ。

「ほいよっ」

　キンキンに冷えたグラスにビールを注いで、ダミさんが恵平の前に置く。今日のお通しはゆで卵たっぷりのマカロニサラダで、心なしか他の客より盛りがいい。

「うわぁーっ。いつもながら美味《おい》しそうだねーっ」

　早速ゆで卵を口に運ぶと、ほっこり懐かしい家庭の味だ。

「旨《うま》いかいっ？」

　とダミさんが訊き、

「旨いっス」

　と恵平はおどけて答える。その隣で、二人のサラリーマンが煙草を吸いながら会話をしている。今のところダミちゃんでは、店内喫煙オッケーなのだ。

「……厭《いや》な事件が起きるよなあ」

「異常犯罪捜査ナントカってドラマみたいなヤツだよな」

昨夜の事件のことだとわかった。くーっとビールを飲みながら、またもや情景が頭に浮かんだ。レバーやハツを美味しそうに食べる様子を見ると、なおさらだ。

「定食でいいかい」

また訊かれたが、やはりボリュームのあるものは喉《のど》を通らない気がしてきた。

「お茶漬けにしてくれる？　食欲がなくて」

珍しいねと言いながら、ダミさんは狭いカウンターの中を蟹《かに》のように横歩きして来て、小さな声で恵平に訊《たず》ねた。

「ケッペーちゃん。ゆんべ交番にいたんだってね？」

洞田巡査長と界隈《かいわい》を挨拶《あいさつ》に回ったので、ダミさんは恵平の素性を知っている。だから、それはつまり、現場を見たかということだ。恵平は無言で頷いた。

「ダミさん、よく知ってるね」

「そりゃ、店の仕込み中にさ。あんたんとこの刑事さんが、聞き込みに来たからよ」

ダミさんはさらに小さな声で言い、

「んじゃ、梅茶漬けにしておこうか」

委細を了解したふうに笑った。

空《す》きっ腹に呑んだビールが思いのほか効いて、梅茶漬けが出された頃にはなんだか気持ちよくなっていた。澄んだ出汁《だし》に、あられと梅干しと大葉と三つ葉が載ったお茶漬けを食べたら、ようやく食欲がわいてきて、恵平はネギマとボンジリとササミを焼いてもらい、追加でホッピーも頼んでしまった。

東京で初めてホッピーなるものを見たときは、ノンアルコールビールになぜわざわざ焼酎《しょうちゅう》を入れるのか、まったく理解ができなかった。恵平の郷里でホッピーは純然たるノンアルコールビールの位置づけであり、長距離トラックの運転手などがビール気分で呑む飲み物だから、そこに焼酎を入れたりはしない。

素朴な疑問をぶつけると、洞田巡査長は「ははは」と笑い、そして、高価なビールを酔うほど呑むには出費がかさむが、ビールで酔った気分になれるのがホッピープラス焼酎なのだと教えてくれた。配合は自分で好きに決められるのだし、ビール風味の焼酎ならば、安価に十分酔えるのだからと。

そんな世界があったのかと驚きつつも、恐る恐る試してみたら、フルーツベースのクラフトビールを氷で冷やしたような味がして、脂っこい料理によく合った。

以来、恵平はホッピーのファンになったのだが、アルコールのまわりが早いうえに、口当たりがいいのでつい飲み過ぎてしまう。鶏を焼く煙に燻《いぶ》されながら、あまり酒が強くない恵平は、気付いた時には景色がグラグラしてきていた。

「ケッペーちゃん。ちょいケッペーちゃん、起きなって。看板だよ」

頭の天辺を突《つつ》かれて目を開けた。

いつの間にかカウンターでうたた寝をしていたようだ。隣のサラリーマンはすでにいなくて、店はラストオーダーを終えていた。

「疲れてんじゃないの？　大丈夫かい？」

「あ、はい、大丈夫です。すみませんでした」

「釈迦《しゃか》に説法だと思うけどさ、女の子がカウンターで酔っ払うなんて、気をつけなくっちゃいけないぜ？　うっかり何かスられちゃったりさ。大丈夫かい？」

慌ててポケットを探ってみたが、ポケットに直《じか》に入れた小銭もお札も無事だった。

一七五〇円也《なり》を支払って店を出ると、街は酔客で溢《あふ》れていた。

ドラッグストアへ寄って、風邪薬とビタミン飲料と使い捨てカイロを買ってみる。

そしてレジに並びながら考えた。こんなものは自己満足に過ぎないと。

路上で暮らすのは、Y26番さんことメリーさんだけではない。さらに恵平は、たった一晩の宿すらもメリーさんに提供できない。行政やNPO法人やボランティアの人々が声を掛けても、気付けばやっぱりメリーさんはあの場所にいて、階段の踊り場で、終電から始発までの短い夜をやり過ごしている。

「酔っちゃったな……」

ドラッグストアの袋を提げて道へ出て、頭を掻《か》きながら空を見上げた。火照《ほて》った頬に冷たい夜風が気持ちよく、摩天楼の隙間には、笑ったような月が出ていた。

自分ではなくメリーさんのことが悲しくて、恵平はまっすぐ寮へ戻れなかった。ブラブラと歩いていると、タイムスリップしたような地下道の入口を見つけて、下りてみた。低い天井や、チカチカと消えそうな照明に昭和《しょうわ》レトロを感じながら、コンクリートにシミが浮き出た階段を下りていくと、その先は通常の地下通路だった。

こんな時間でも家路を急ぐ人たちが大勢通っているなんて、郷里《きょうり》では考えられない光景だ。案内標識に誘導されて先へ行き、再び古い階段を見つけて上がってみた。ひとつ出口を違えれば全く別の景色へ行き着く。東京は本当に面白い。

それにしてもこの階段は、蛍光灯の明かりが切れそうになっていた。天井を支える鉄のアームは錆《さ》びついて、心許《こころもと》ない照明はランプの両端が黒ずんでいる。夜間に若い女性が通るのは危ないなどと、自分も若い女性なのに考える。まだ卵になったばかりなのに、思考回路はすべて警察官のそれになってしまうのだ。酒臭い息を吐きながら、恵平は階段を上った。

地上に出ると、ちまちまと建物が密集していた。商業ビルが少ないせいか、見上げた空が真っ黒だ。それでも空気が澄んでいるのか、ときおり瞬く星が美しかった。風の匂いも違う気がする。立ち止まって、深呼吸して、ふと気がつくと、たった今出てきたばかりの地下道入口は、脇に側溝《そっこう》が通っていた。悪戯《いたずら》で持ち去られたのか、グレーチングの蓋《ふた》がない。恵平は隙間フェチなので、こういう穴があるとつい覗《のぞ》き込んでしまうのだが、すると、少しだけ奥のほうに紫色の風呂敷《ふろしきづつ》包みが隠してあった。どこかから流されてきたというふうではなくて、比較的新しい風呂敷包みだ。側溝脇に跪《ひざまず》き、腕を伸ばして風呂敷包みを引っ張り出した。

大きなバッグをぶら下げて、街を徘徊《はいかい》しているメリーさんのことが頭に浮かんだ。あのバッグひとつに、彼女は人生を詰め込んでいる。風呂敷包みは乱雑に丸められていたのだが、開いて見ると、手ぬぐいとシャンプーと、セルロイドの石けん箱が入っていた。銭湯の帰りに置き忘れたのか、それを誰かが側溝へ捨てたのだろうか。このまま捨て置いてもいいのだけれど、そうすればただのゴミになる。また逆に、紫色の風呂敷やアンティークなセルロイドの石けん箱を探している人がいるかもしれない。

ドラッグストアの袋と一緒に風呂敷包みをぶら下げて歩き始める。おもて交番へ持ち帰って拾得物届を出してもいいが、持ち主は風呂敷包みをなくした場所を覚えているだろうから、遺失場所に近い交番へ探しに行くと思われる。拾得物の引き取りは届けを出した交番で行われるので、拾った場所の近くへ届けてあげた方が親切かもしれない。

そんなことを考えていると、ちょうど目の前に古くさい交番がある。

その交番は丸くて赤いライトをひとつ、ひさしの下に点《とも》していた。昭和レトロな建物は地面から腰の高さまでが石造り、そこから上は焼き煉瓦《れんが》風のタイルが貼られ、凝ったデザインの窓は木枠だった。入口ドアは白く塗られた木製で、その上にアーチ型のひさしがあって、屋根は銅葺《どうぶ》き、交番の名前は彫金だ。

「うわ……」

思わず足を止めたのは、タイムスリップしたように思えたからだ。

都内では、時々こういう景色に出くわす。見知らぬ路地を少し入ると、五十年以上も昔の光景がそのまま残されたような場所に出たり、近代建築の粋《すい》を集めたスカイツリーの足下にすら、古い街並みが残されていたりする。

赤いライトが灯《とも》る交番は、建物の奥半分が高架橋下にめり込んで見え、ペンキで塗られた窓や扉は、凝った意匠からして恵平の知らない時代の匂いがしていた。アーチ型になった金属のひさしに交番の名前が刻まれているが、銅葺き部分が緑青《ろくしょう》を吹いて読むことができない。煌々《こうこう》と明るいビルの谷間にそこだけ暗く、赤い灯を点して立っている。

「こんばんはー」

声をかけながら扉を開けると、これもまた昭和レトロな木の机から、老いた警察官が顔を上げた。建物内部も古臭く、天井には、これもレトロな丸い照明が点いている。映画のセットに迷い込んだみたいだ、と恵平は思った。

「何かご用ですか？」

老いた警察官はそう訊《き》いた。小柄で細面、額が広くて眼光が鋭い。鼻の下にも、顎《あご》まわりにも、ゴマ塩のような髭《ひげ》を生やしているが、両目が澄んでいるせいか、けっこうなロマンスグレーに見える。

「あの……落とし物を拾ったんですけど」

そう言って風呂敷包みを出すと、警察官は席を立って恵平のそばへやって来た。

この交番にはカウンターがなく、小学校で使う教卓のような机をカウンター代わりにしている。近隣住民が持ち寄ったかのような不揃いの椅子が四つあり、座面に紺色の別珍《べっちん》が貼られていた。

「ああ、それはどうもご苦労様で。どのあたりで拾いましたかね？」

恵平は通りの向こうを指さした。

「拾ったというか……地下鉄へ下りる入口脇の側溝の中にあったんです。何かの拍子に奥へ落ちてしまったのかもしれないけれど」

「日本橋《にほんばし》の通りですかね」

「そうかもしれません。すみません、酔っ払ってうろうろしていたら、場所がよくわからなくなってしまって」

警察官は風呂敷包みを開けて中身を確認した。

「持ち主がお礼を言いたい場合がありますから、連絡先を教えてください」

そう言って持ち出して来たのは大学ノートで、恵平がおもて交番で使っている拾得物預り書ではなかった。

「これに書くんですか？」

「そうですよ。酔っているなら、代わりに本官が書きますか？」

「いえ。いいんですけど」

なんだかグラグラしたまま大学ノートに記入していると、警察官は古い椅子に掛けて書くよう促して、それからスッとどこかへ消えた。記入用に渡されたのは鉛筆で、大学ノートはページの色が黄ばんでいる。紙に鉛筆で文字を書くのは小学生のとき以来だなどと懐かしく思っていると、やがて老警官は丸盆にお茶を二つ載せて戻って来た。恵平の脇にひとつ置き、「どうぞ」と言う。

「私にですか？」

「ほうじ茶だけどね。酔い覚ましにいいと思って」

笑っている。

顔つきが整っていて、大きな瞳《ひとみ》が印象的だ。

恵平はノートを渡してお茶をもらった。

「実は私、警察官の卵で、今は東京駅の交番で研修中なんです」

「ほーう。それはそれは……」

相手は自分もお茶を取り、恵平が記入したノートを引き寄せた。

「堀北恵平といいます」

「柏村敏夫《かしむらとしお》です。どう、お茶は美味《おい》しいかね？」

「はい、美味しいです。ありがとうございます」

老警官は目を細めた。

「だいぶ聞こし召しておるようだがね、研修中に何かしでかしたのかい」

「いいえ。そうじゃないんです……ただ」

とても香り高いほうじ茶だった。お茶の温かさが食道を通って、胃に落ちて行くのがよくわかる。おもて交番でもほうじ茶を使っているが、コクと香りが全然違う。

「わー……おいしいなぁー……」

しみじみと呟《つぶや》いて、飲み干してしまった。

すると柏村はブリキの急須《きゅうす》を下げて来て、追加のお茶を注いでくれた。

「ごちそうさまです」

と、また飲み干した。老警官は「ははは」と笑った。

「着任してどれくらいだね？」

「五日目です。役に立ちたいと思うのに、見ているばかりで何もできなくて、そういう自分がふがいなくて、焦ります。焦ってばかりいるような気がする」

天井のライトがジジジと鳴って、廃校のような交番の匂いが、胸の奥まで染み入って来る。建って間もないおもて交番では感じられない、時間の匂いだ。

「先輩方はよく教えてくれるかね？」

「はい。でも、私、出身が信州《しんしゅう》で、親は田舎で診療所に勤めているんですけど、市内まで四十分以上もかかる山の中で、東京へ来たらびっくりしちゃって、とにかく人混みを見るだけで焦るというか……だから、なるべく管轄区内を歩いているんです。少しでも早くこっちの雰囲気に慣れたくて」

恵平は交番の中を見回した。

「ここはなんだか落ち着きます。田舎の駐在所を思い出すっていうのかな」

「そうかい」

と、柏村は笑った。

「……着任早々、あんな事件に遭遇するとは思ってもみなかったので、余計です」

三杯目のお茶をいただきながら言うと、「どんな事件？」と柏村が訊く。

「木箱に入った少年の事件です。ちょうど当番勤務だったので、駅員さんに呼ばれて現場へ行って、見てしまいました。ご遺体が箱に詰められているのを」

柏村は小さく口を開け、恵平の顔をまじまじと見つめた。

「少年が箱に……ご遺体で？」

「そうです。全裸で、お面をかぶって」

「全裸でお面……どんなお面だね」

「なんというか……こう……古い、鬼面太鼓《きめんだいこ》のお面みたいな？　鬼の顔、というわけでもないんだと思います。角がなかったから。だから結局、何のお面かわからないけど、不気味な灰色のお面でした」

恵平もまた柏村を見た。

「ニュースで報道されていましたよね？　あの事件、うちの所轄が担当なので」

「……そうだったかな？」

柏村は首をかしげた。

たとえ警察官同士でも、こうした話をしてはいけないものなのだろうか。当然知っているはずの事件について言及しない柏村を見て、恵平は、まずかっただろうかと考えた。情報を共有し、速やかに犯人逮捕に結びつけるのが警察官の務めだと思うのに、組織には組織の、暗黙の了解とか、縄張りとかがあるのかもしれない。

「そんな事件がまた起きたのか」

含みがあるというふうもなく、柏村は眉間《みけん》に縦皺《たてじわ》を寄せて唇を引き結んだ。

この老警官はいくつだろう。警察官の定年は六十歳だから、それよりは若いということなのだが、おもて交番で最高齢の伊倉巡査部長より随分老けて見える気がする。

伊倉巡査部長は五十五で、洞田巡査長は四十代だ。

「また起きたって、言いますと？」

恵平は柏村に訊《たず》ね、事情に明るくなくてすみませんと頭を下げた。考えてみれば、酔っ払っていたとはいえ、高齢の先輩警察官にお茶を淹《い》れてもらうなんて、とんでもないことだったのかもしれない。けれど柏村はそれを気にとめる風もない。

「うむ。本官は似たような事件を知っている。当時十二歳の少年が銭湯の帰りに行方不明になったのだ。犯人はわずかばかりの身代金を要求してきたが、なぜか現金の引き渡し場所には現れなかった。その場で逮捕できると踏んでいたので我々も焦ってね。ところが、手がかりを失ったと思っていた時にたれ込みがあって、あっさり身元が割れたんだ。犯人は銭湯で被害者を見かけて声をかけ、自宅に連れ込むことに成功してね……」

「連れ込んで……殺害を？」

柏村は頷《うなず》いた。

「逃げようとする少年の頭を、後ろから鉈《なた》で一撃して殺害したのだ」

殺害方法はとても似ている。

「その子の遺体も殺害後に洗ってありましたか？　それから箱に？」

またも柏村は頷いた。

「バラバラにしてから風呂場《ふろば》で洗って、箱というか、水槽にね」

恵平は思わず眉《まゆ》をひそめた。遺体損壊の様子は今回の事件とは違う。でも、今回の事件だって、箱が発見されなければバラバラにしていたかもしれない。

「犯人はどうしてそんなひどいことをしたんです？　水槽に詰めたということは、遺棄が目的じゃないんですよね？」

遺棄することが目的ならば、白木の箱に詰めたりしないと思う。ロッカーに入れるより、山へ運んで埋める方がいいはずだ。恵平には犯人の考えがわからない。

「自白によると鑑賞目的だったと言うんだ」

「かんしょう……」

ますますわけがわからない。

柏村はカウンター代わりのテーブルを回り込んで恵平の近くへ来ると、空いているイスの一つに座った。

「うん」

と小さく頷いて、ほんのつかの間、目を閉じた。

目を開けてわずかに何か考えてから、今度は恵平の目をのぞき込んでくる。

「きみ、年齢は？」

「二十二です。来年三月で三になります」

「本官の部下は二十三だった。その事件が起きたときはね」

柏村は息を吐き、大きく広げた膝《ひざ》の上で拳《こぶし》を握った。

埃《ほこり》の色になるほど履き古された靴が目に入って、恵平は、一瞬だけ靴磨きのペイさんのことを考えた。ペイさんならこの靴でもピカピカにできるはずだ。

「犯人の青年は二十六歳。拾って来た野良猫を溺愛《できあい》の末に食べてしまったり、近所の子供に後ろから突然抱きついたり、時には暴力を振るったりという奇行が目立ち、思い悩んだ母親が精神科に通院しなければならないほどだった」

「猫を……」

恵平は顔をしかめた。

「青年は名家の一人息子だったのだ。同年代の友人はおらず、猫や子供が好きだった。両親は世間体を慮《おもんぱか》るあまりに息子を突き放せずにいた。持て余しながらも、息子に寄り添おうと努力して、憔悴《しょうすい》し切ってしまっていた。けれど息子は親の気持ちを顧みることもなく、被害者に悪戯《いたずら》しようとして拒絶され、カッとなって犯行に及んだのだよ」

「カッとなって殺してしまったとしても……でも、鑑賞用にって……そこは理解の範《はん》疇《ちゅう》を超えています」

「ふむ。自白によれば、本人は究極の愛情表現だったとのたまった。畳を上げて、床下に入って、水槽に入った被害者を眺める時が至福であったと」

ゾッとするな、と柏村は言って、恵平もまた、胃の裏側をむずむずと虫が這《は》い回るような気分になった。

「ご両親は知っていたってことですよね？　犯人の異常行動を」

「知っていたさ。だからこそ母親は思い悩んで病気になった」

柏村が真顔で答える。

「かかりつけの医者に息子のことを相談してもいた。医者は医者で警察へ来て、息子の素行不良をなんとかして欲しいと訴えていた」

「それで？　警察は何をしたんですか？」

前のめりになって訊ねると、柏村は切なそうな顔で頭《かぶり》を振った。

「パトロールの強化をね。そして報告書を出した」

「それだけ？」

「残念ながら、それだけだ。犯人が子供に抱きついたり、暴力を振るう瞬間に遭遇していたら、もっと別の対処法もあっただろう。けれど事件は防げなかった」

「そんな……」

恵平はストンと肩を落とした。落としながら、冷静に柏村の言葉を反芻《はんすう》しようと努力してもいた。実際は柏村の言うとおり、警察官にできることは限られている。猫を食べてしまったからといって、また、突然誰かに抱きついたからといって、四六時中その人物を拘束しておくことなどできないのだ。それでも残酷な事件が起きてしまう前に、予兆を察知したときに、なにかはできたのではと考えてしまう。そうでないなら、事件を未然に防げないなら、警察官はあまりに無力だ。

「あり得ないと思っても、常軌を逸しているとしても、現実に事件は起きるものなのだ。顔や体が違うように、人の心は様々だからね。事実は小説よりも奇なりと言うが、本官らの仕事はまさに、その連続なんだよ」

柏村はそこで言葉を切ると、また恵平の顔をじっと見た。

「きみもそれを見たんだね？　木箱に詰め込まれた少年を」

「なんですか？」

「見ました」

「そのせいかね。したたかに酔っ払っているのは」

恵平は自分を恥じて俯《うつむ》いた。

「かもしれません。警察官なんだからしっかりしなくちゃと思うのに、怖くって……気がつけば、そのことばかり考えているんです」

「ならば事件を解決なさい」

「どういうことですか」

自分はまだ卵なのだ。交番でも失態がないように、また面倒に巻き込まれないように、奥の部屋に追いやられている立場である。電話を取っても答えられず、なにひとつ決められない。そんな自分が、どうして事件を解決できるというのだろう。

柏村の顔に電球の影が落ちている。瞼《まぶた》のたるみや額の皺《しわ》に彼の生きた年月が感じられる。恵平の何倍も経験を積んだ表情は、どことなく寂しげだ。

「悪意は人に感染するものだし、警官は常に悪意と接するからね。そうでなくとも、不意打ちを食らうとダメージは大きい。だから事件は解決させて、解決できるものだということを自分自身に教え込まなきゃならんのだ。そうでなければ人を信用できなくなるし、人を信用できなくなれば、警察官ではいられない」

何かとても大切なことを言われた気がした。

「犯人は逮捕後、素直にすべてを自供した。まるで、それが当然の行いだったというように、悪びれもせず。死体を床下に隠してからは、畳を上げたり、戻したり、一日に何度も水槽を取り出して眺めたと言った。カッとなって殴り殺したあと、すぐに解体を始めたとも言った。なんというか……事件の経緯を聞けば聞くほど、理解できないことばかりで恐ろしい。底なしの沼に引き込まれていくような気持ちがする。本官ですらそうなのだから、若い刑事はショックだったろう」

「昨日の事件も同じでしょうか。あれも、まさか、鑑賞しようと白木の箱に？」

「こちらは遺体が腐らないよう処理してあった。溶液を満たして、密閉してね」

ぞっとした。古い交番の、天井の隅の暗がりに、悪意がわだかまっているような怖さを感じた。もしもゆうべの少年が白木の箱に入っていただけではなくて、例えばホルマリン漬けにされていたならば、今頃はもっと大騒ぎになっていたはずだ。悪意の理由が目に見えて、猟奇性が話題になるから。口だけで嗤《わら》う不気味な面と真っ白な体が思い出される。

「動機がわからない殺人ほど怖いものはないですね。動機がわかれば、もっと怖いのかもしれないけれど」

「殺人事件を追うことは闇を覗《のぞ》くことに等しい。だからこそ、人間のよいところを見る目がないとやってゆけない。きみはどっちだ」

ぶら下げているドラッグストアの袋に目を落とし、自分はどっちだろうと考えた。そんなことを今、訊かれても、答えられないとも思う。

警察官という職業を選んだとき、恵平の頭にあったのは、小学校や幼稚園で交通ルールを教えてくれた明るくて優しそうな女性警察官や、交番でお年寄りに道を教えるお巡りさんで、箱詰めの遺体を追いかける刑事ではなかった。

「どっちだね？」

柏村はもう一度訊く。恵平はドラッグストアの袋をキュッと握った。

「人間のよいところを見る目を、養いたいと思います」

「そうか……」

柏村は席を立ち、自分の席へ戻っていった。

「あの。ありがとうございました」

恵平も立ち上がり、柏村に向かって腰を折る。

「気をつけて帰りなさい」

ペンキ塗りのドアを開け、再び夜の通りに出た。風が運んでくるのは寝静まった街の匂いで、やけに広く感じる空に、美しく星が瞬いていた。


来た時と同じ地下道を通って、恵平はY26番口へメリーさんを訪ねて行った。すでに最終列車が出たというのに、まだチラホラと人がいる。日中の喧騒《けんそう》を知ればこそ、真夜中の地下街は異次元のようだ。あまりに広い通路に立つと、こんなにも広いのに、日中はなぜ、人にぶつからずに歩くことが難しいのだろうと不思議になるのだ。

八重洲《やえす》側へ抜ける階段の隅に、今夜もメリーさんはしゃがみ込んでいた。手足を丸めて横になっていることも希《まれ》にはあるが、大抵は階段に腰掛けて、壁に上半身をもたせかけるようにして眠っている。何枚もの服を重ねて着込み、長いスカートに足を隠して眠る様は、人ではなくて、ひとかたまりのぼろきれのようだ。ドラッグストアの袋をカサカサ鳴らして近づいても、メリーさんは動かない。

恵平は彼女の前で足を止め、そしてその場にしゃがみ込んだ。

「こんばんはメリーさん」

かぶったままの帽子の下で、メリーさんの瞼がわずかに開く。ペイさんが言うように風邪気味なのかもしれないけれど、わからない。

「昼間、ペイさんに靴を磨いてもらったとき、メリーさんが風邪引いたみたいで、元気がないって聞いたんだけど」

やはりメリーさんは動かない。

何か答えるのを待ったけど、彼女はまた目を閉じてしまった。

「余計なお世話ってわかっているけど、風邪薬とビタミン飲料を持って来たの。それと、使い捨てカイロ」

袋の中身を階段に並べると、包装を解いてゴミだけを回収した。メリーさんは半眼になって見ているが、動きもしないし、喋《しゃべ》りもしない。

「……あのね……ごめんね……私……」

なぜだかとても悲しくて、恵平は頭を下げて老女に詫《わ》びた。

「こんなことしかできなくて、ほんとうに、ごめんなさい」

顔をあげると帽子の下にメリーさんの目が見えた。今度は両目を開けている。メリーさんは、「コホ」と小さく咳《せき》をした。

「いま飲む？　お薬のアレルギーとか、大丈夫ですか？」

頷《うなず》いたように思えたので、説明書を読んで、錠剤を三粒出して、メリーさんの手に握らせた。お水を渡すと、メリーさんは寄りかかっていた体を起こして錠剤を口に入れ、飲み込んだ。

「はい、これも」

ビタミン飲料を近くに置いて、薬と使い捨てカイロもその場に残し、

「おやすみなさい」と恵平は言った。

「……ありがとさん」

階段を上り始めたとき、後ろでかすれた声がした。

我慢していた涙がこぼれた。なぜ泣きたいのかもわからなかったが、唇を引き結ん

で涙を拭《ぬぐ》った。何度も、何度も。

メリーさんの声が心の隙間を埋めていく。振り向かずに上りきり、駅の反対側に出てみると、林立するビル群に煌々《こうこう》と夜間照明が光っていた。何台ものタクシーが通りを行き交い、風が含むのは排気臭や埃《ほこり》臭さで、星はほとんど見えなかった。

第四章　駆け出し刑事 平野ジンゾウ

翌日のシフトは午前九時から午後五時までだった。おもて交番で夜勤の同僚と交代したあと、民間人が交番にいない隙を狙って、洞田巡査長がこう言った。

「ロッカーのな、被害者の身元がわかったらしいぞ」

バックヤードで昼食用の米を研いでいた恵平は、思わず耳をそばだてた。

「海で溺《おぼ》れ死んだと思われていた神奈川の中学生だったらしいや」

素早く炊飯器をセットしてから、恵平はバックヤードを飛び出した。手を拭《ふ》きながら洞田に訊《たず》ねる。

「海で死んだことになっていた？　どういうことですか」

「こういうことがわかると、また警察をやり玉に挙げる奴らが出るかしれんが、俺たちだって万能じゃない。警察が受理する行方不明者の届け出は年間八万人を超えるんだからな」

横一文字に並んだ眉毛《まゆげ》を、キュッと顰《ひそ》めて洞田が言う。

「ニュースにもなると思うが、被害者は藤原賢人《ふじわらけんと》くんという、十四歳の中学生だったらしい。ついこの前の連休に、近くの海へ遊びに行くと家を出て、そのまま帰って来なかったんだとさ」

「それって家出だったんじゃ？　どうして死んだことになっていたんですか」

同じ年頃の子供を持つ洞田は、痛ましそうな顔をした。

「海にいたのは本当で、海岸に着衣があったらしい」

「十月なのに海ですか？　クラゲが出て泳げないんじゃ……」

「若い頃はなんでもやるさ。俺だって冬の海で泳いだりしたぞ？」

自慢げに洞田は言うが、恵平が問題にしたかったのはそこじゃない。

言葉にはしなかったけれど、ひどい話だと思った。溺死《できし》したと思った息子が生きていて、今度は殺害されて見つかるなんて、家族の心痛は如何《いか》ばかりだろう。考えれば考えるほど犯人に怒りがわいてくる。

電話が鳴って、洞田が出る。二言三言話をすると、洞田は恵平を見て言った。

「堀北を、ですか？　ええ。それはかまいませんが」

受話器を置いて恵平を呼ぶ。

「平野刑事が、堀北を少し借りたいそうだ」

「え」

所轄の裏方に始まって、鑑識の手伝い、交通整理の補助、お祭りの参加まで、警察官の卵はどんなことでも手伝わされるが、そのほとんどが使い走りか、見学だ。平野刑事が自分を借りたいなんて、どんな雑用だろうと考える。

「すぐに来るそうだから、準備をしておけ」

「はい」

と答えはしたものの、何を準備すればいいかもわからない。とりあえず身だしなみをチェックしていると、平野が交番へ駆け込んできた。

「お疲れ様です。じゃ、ちょっと堀北をお借りします」

平野は洞田巡査長に敬礼すると、恵平を見て「行くぞ」と言った。

「はい」

先輩たちに頭を下げて、平野の背中を追いかける。

「あの……あの……平野刑事」

平野の隣に追いついて、恵平は訊《き》いた。

「私、何をお手伝いすればいいんでしょうか」

たいていの場合は、『こういう目的で、これこれの場所へゆき、このような業務を行う』と事前に説明があって、するべきことを知らされる。ところが平野は説明もせずに、ただガッガッと歩いて行く。恵平はその足元に視線を注ぎ、ペイさんが働き者だと言った刑事の靴を確認した。平野はまだ駆け出しなのに、なるほど履きつぶされてクタクタだ。

「聞き込みだよ、聞き込み、俺は地取りをやってんの」

平野は背中で恵平に言った。

地取りとは、事件現場周辺の聞き込み捜査のことである。

「例の事件の聞き込みですか？　箱に詰められた少年の」

「当たり前だろ？　捜査本部が立ってんだからさ」

「どうして私が行くんですか？」

歩みを止めずに平野は振り向く。

「交番の『お姉ちゃんお巡りさん』って堀北のことだろ？　おまえになら話をするって言うからさ」

「誰が、ですか？」

「メリーさん」

平野が足を速めたので、恵平はさらに大股《おおまた》になって追いついた。

「先輩は何の聞き込みをしているんですか？」

「俺か？　うちの班は気味の悪い面を追ってるんだよ」

「あのお面、何だったのか、わかったんですか」

「まだだ。祭礼に使われる面じゃないかって話だが、そういうのって、きちんとしたリストがないんだよ。だから今、そっちは河島班長が追いかけていて、俺は木箱を運び込んだ奴の目撃情報を訊いて歩いてるんだけどさ。ここって、夜間は毎日同じ場所で寝てる奴らがいるだろう？」

「それでメリーさんだったんですね」

「そ」

平野は下唇を突き出した。

「男性ホームレスは缶コーヒーで懐柔できたりするんだけどな。あの婆さんは、なんというか、つかみ所がないと言おうか……」

あれ、本当に喋《しゃべ》れんの？　と、平野は訊いた。

「たくさんお話をしたことはないですけど、挨拶《あいさつ》はしてくれますよ」

それにしても平野は歩くのが速い。恵平は自然に小走りになる。

「でも、聞き込みなんかしなくても、箱を運び込んだ人は防犯カメラに映っていたんじゃないんですか？」

「や、そこがさ……」

話しながら、平野はときわ橋のほうへ歩いて行く。メリーさんがねぐらにしている地下通路とは別の方向だが、彼女も日中は仕事をしていて、駅にはいない。

「あのロッカーは床の張り替え工事中だったから、人が入らないよう天井からビニールシートが下げられていたろう？　つまり、カメラの死角になっていたんだよ」

「でも、ロッカー周囲はどうですか。大きな荷物を持った人を探せば」

「不思議なことに、大きな荷物を持ってビニールシートに近寄る人物が、そもそも確認できてない。それより手前の防犯カメラにはキャリーバッグを転がしている人がごまんと出てきて……だから、もう少し手がかりがないと絞り込みようがないんだよ。一番は、ロッカーに箱を入れる瞬間の決定的な映像がないのが痛い」

そんなことになっていたとは夢にも思わなかった。

「カメラに映らないのを知っていて、モモンガを選んだってことなんでしょうか」

「そうかもな」

「ご遺体をどうするつもりだったんでしょう」

「わからないし、わかりたくもないぜ」

恵平は洞田の話を思い出していた。

「さっき洞田巡査長に聞いたんですけど、被害者は溺死したことになっていたって」

「そこもひとつの謎ではある」

「なんというか、ご両親がかわいそう過ぎますよね。海で死んだと聞かされて、それなのに、今度は殺されていたと知るなんて」

平野は歩く速度を遅くして、捜査手帳のメモを見た。

「神奈川県警の話によれば、被害者は中学二年生で、藤佐喜流《ふじさきりゅう》という日本舞踊の家の長男だ。不注意からケガをして、家元の祖父《じい》さんと喧嘩《けんか》になって、友人と海に行くと言って家を出て、そのまま行方不明になっていた。一緒にいたはずの友人はそのとき田舎に帰省していて、被害者は独りだったことがわかっている。海岸近くの店でコーラを買ったのを店員が覚えていたのと、海岸に洋服などが残されたままだったことなどから、離岸流にさらわれたのではないかと思われていた」

「でも、生きていたんですよね？　ロッカーで遺体が見つかったとき、検視官が死後二日程度って……」

「司法解剖の結果も同じだ。失踪《しっそう》した時点で少年は生きていたし、死因も溺死ではなかった。失踪当日の夜から翌未明くらいに殺害されたと思われる」

「服を海岸に置いていたということは、水着でいなくなったってことですか」

「そこもひとつ謎だけどな……海に行くと嘘をついて家出したってわけでもないらしい。スマホも部屋にあったというし」

「発作的に家を飛び出した感じですかね」

「そうみたいだ。どこへ行くのと呼び止めたら、友人の名前を言って、海で頭を冷やしてくると。母親もそれで気が済むならと行かせたようだが」

「お母さんは後悔していることでしょうね」

もしもそのとき引き留めていたら、息子が事件に巻き込まれることはなかったかもしれない。それを思えばいたたまれないことだろう。

「まあな。ただ、海へはしょっちゅう行っていたってことだから……鎌倉《かまくら》の、いいところみたいだぜ。被害者の家は」

話しているうちに大分歩いた。ときわ橋の近くには巨木を背景に立つ男性の銅像があって、平野はまっすぐそちらへ向かう。コートを着込んで杖《つえ》をつき、未来を遠望するかのごとく中空を仰ぐ男性は、日本の資本主義の父と呼ばれた偉人らしいが、恵平は勉強不足で、その人物を知らない。

「ケガが原因でお祖父ちゃんに叱られたって、一体どういうことなんでしょうね。普通は心配するものじゃないですか？　孫がケガをしたならば」

少年の遺体にケガの痕跡《こんせき》があっただろうかと思い出してみたが、真っ白な体と、平野に見せられた紫斑《しはん》の記憶だけが生々しい。

「詳しいことは俺も知らない。なんか確執があったのかもな」

その銅像は、大型トラックが頻繁に通る道路脇のポケットパークに立っている。石積みで仕切られた一角は、銅像の台座周りが広めの空間になっていて、わずか数段の階段を平野は上り、偉人の人となりを示した銅板の裏側へ回り込んでいく。

道路の死角となった壁際の、冷たい石敷の上にスカートを敷いて、メリーさんが横になっていた。仕切り壁一枚を隔てて歩行者たちが行き交っているが、その裏側に人が寝ているとは、誰も思わないことだろう。やはり具合がよくないのだろうか。メリーさんは目を閉じて動かない。恵平は彼女の近くにしゃがみ込んだ。

「大丈夫ですか？」

声をかけると、メリーさんは薄目を開けた。

「やっぱり具合がよくないんじゃ……」

「そうじゃなく、ここが縄張りその2なんだろ。あっちが寝室、こっちがリビング」

頭の上から平野が言う。

「ていうか、堀北を連れて来たぞ、婆さん。話を聞かせてくれるよな?」

「礼儀として、せめて名乗るべきだと思います」

恵平は平野に苦言を呈した。

「私、東京駅おもて交番の堀北恵平です。まだ警察官の見習いですけど。それで、あの……ちょっとお話を聞かせて欲しくて」

ちぇっと平野は舌打ちをして、警察手帳をチラリと出した。

「丸の内西署刑事組織犯罪対策課の平野だ。一昨日、駅構内のロッカーで少年の死体が出た件について、話を聞きたい」

「もっと優しい声で」

恵平はまた平野に言った。

「メリーさんが怯《おび》えちゃいます」

「はあっ?」

不満げな声を出すなり、広げた両足の間に体を落とすような格好で、平野は恵平の隣にしゃがみこむ。

「お話を伺いたいんですが、よろしいでしょうか」

メリーさんにそう言って、「これでいいか」と恵平に訊《き》く。

恵平はメリーさんが体を起こすのを手伝った。熱っぽいのだろうかと思ったが、触れた手は熱くもなくて、思ったほどカサついてもいない。節くれ立ったメリーさんの左手は、薬指に汚れた指輪がはまっていた。

「一昨日未明、工事中だったモモンガのロッカーで、男の子が入った木の箱が見つかったんです。亡くなって二日ほどだということで、箱がロッカーに入れられたのは、一昨昨日《さきおととい》か、その前だと思うんですけど」

「真夜中とかに、でっかい荷物を持った不審者を見なかったかよ?」

平野が訊くと、メリーさんは帽子の下で目をしばたたいた。

「箱の大きさはスーツケースくらいです。一番大きいスーツケース、これくらい」

恵平は両手を広げ、箱の大きさをメリーさんに伝えた。

メリーさんは首を傾げた。

「別に真夜中でなくてもいいの。何か変わったことがあったとか、気がついたことがあったとか。変な人がうろうろしているのを見たとか、物音を聞いたとか、ない?」

メリーさんは首を傾げたままでいる。

「人生に……ってか、この婆さん。既にあらゆることに興味がないいんじゃないのかよ？　見ていない、聞いてもいない、気にしていない」

「それを言うなら誰でも一緒じゃないですか。ほとんどいませんよ？　東京へ来てからは、他の人の動向に気を遣っている人って、あまり見ない気がします」

それが礼儀であるかのように、人々は他人の行動をじろじろ見たりはしないのだ。

「ま、そりゃそうかもな」

空振りかよ、と平野は言って立ち上がる。恵平はメリーさんの目をのぞき込んだ。

「もしも何か思い出したら教えてください。すぐじゃなくても、全然いいから」

動かないメリーさんを残して、恵平と平野は通りに下りた。

「あの婆さん、結局なんにも見ていないのな」

ズボンのポケットに手を突っ込んで、平野は忌々しげに吐き捨てた。

「私を呼んで欲しいと言ったんでしょうか。メリーさんが」

「お姉ちゃんお巡りさんって、おまえのことだろ？　まあ、明確に呼んで欲しいと言ったわけでもないんだけどさ、話を聞かせてって頼んだら――」

本当に『頼んだ』のだろうか、さっきの態度からして怪しいものだ。

「――お姉ちゃんお巡りさんって呟《つぶや》くからさ。てっきりおまえになら話すって意味かと……」

平野はふいに足を止めてスマホを出した。耳に当て、恵平に背中を向ける。

「平野です。はい、はい……え？」

恵平はメリーさんがいる銅像のほうを仰ぎ見た。たとえ体調がすぐれなくても人通りの多い日中は階段の踊り場にいられないから、邪魔にならない場所を探して、そこで時間を潰《つぶ》しているのだ。それはどれほど心許《こころもと》なく、大変な毎日だろう。なんとなく、むかし面倒を見ていた野良猫のことを思い出した。その猫が年を取り、動きが緩慢になってくると、お祖母《ばあ》ちゃんが言った。そろそろいなくなるわよと。野生動物は弱ると敵に襲われるから、誰にも見つからないところに潜んで死を待つのだと。

縁の下に潜り込み、わずかに差し込む光を見ながら死んでいく猫のイメージがメリーさんに重なった。メリーさんは、いつまでホームレスを続けるのだろうか。

「電話は河島班長からだ。お面のことがわかったってさ」

スマホを切って平野が言う。

「えっ」

「やっぱ祭礼に使われる面らしい。あの顔は『異形《いぎょう》』といって、伎楽《ぎがく》がルーツになっているんだと」

「あれって伎楽面だったんですか？　でも……」

「伎楽面じゃなくって、ルーツが伎楽な。で、祭礼に使われていたものじゃないかと。面にくっついていた紐《ひも》を調べたら、百年以上は経っているんだと」

恵平は自分の顎《あご》に指を置き、眉根《まゆね》を寄せた。

「そうか……鬼面太鼓とかナマハゲとか、そっち関係のお面じゃないかと思っていたけど、でも、伎楽がルーツといわれれば、当てはまるのは崑崙《こんろん》のお面かもしれないですね」

「なにそのコンロンって」

「私もそれほど詳しいわけじゃないけれど、伎楽ってたしか、日本最古の外来芸能でしたよね？　仏教を広めるために演じられていた無言劇で、昔はお寺で伎楽師を養成していたとかなんとか」

「おまえ無駄に詳しいな。で、コンロンってなんだ」

「伎楽に用いられるお面には十四種類くらいの役があって、そのひとつが崑崙です。獣のような耳を持っていて、呉女《ごじょ》に懸想して力士《りきし》に懲らしめられるんです。卑猥《ひわい》な動きをする役どころというか」

「なんだそれ……さっぱりわからん」

「ダメじゃないですか」

ため息をつくと、平野は下唇を突き出した。

「先輩に向かってダメはないだろ」

恵平はもう平野の声を聞いていなかった。不気味な面は『異形』という名を持つという。たくさんの謎が、ひとつ、またひとつと解けていくのは、子供の頃に少年探偵団ごっこをしていたときの十倍も高揚感が湧いてくる。

「異形のルーツは崑崙なのかな……崑崙だとしたら面白いですよね。目が金色で、牙《きば》があって、怖い顔……あのお面、耳はどうなっていたかしら」

「班長の話では、明治頃まで武士山八幡宮《もののふやまはちまんぐう》でも、ああした面を使った祭礼が行われていたそうだ。今は廃れてしまったらしいが」

「流鏑馬《やぶさめ》で有名な神社ですよね。でも、武士山八幡宮のお面なら、神社の宝物殿で見たことがありますけど、伎楽面じゃなくって舞楽面でしたよ」

「無駄なことはよく知ってんな。てか、どう違うんだよ、ギガク面とブガク面は」

「伎楽面は頭からすっぽりかぶるみたいです。でも舞楽面は顔だけのお面で……えっ、ていうか……武士山八幡宮って鎌倉じゃないですか？」

顔を上げると、平野と視線が重なった。

「そ。被害者も鎌倉在住だったろう？」

「そうですよ」

またも偉そうに恵平は言い、「今から鎌倉へ行きますか？」と、平野に訊いた。

「バカか。交番の制服で？」

平野は笑い、一歩下がって恵平の全身を眺めた。

「そんな格好で電車に乗ったら、『お姉ちゃんお巡りさんに連行されるオレ』みたいになっちまうだろ？　いいから今日は交番へ帰んな。助かったよ、じゃあな」

そう言われても、役に立てずに放り出されるのは、自分を否定されたみたいで納得できない。恵平は通せんぼするように前へ出た。

「待ってください平野刑事。そういえば、少年が殺されて、遺体が水槽に詰められていたという、よく似た事件をご存じですか？」

「なにそれ」

「昨夜、他所《よそ》の交番へ落とし物を届けに行って、そこの大先輩に聞いたんですけど」

「落とし物ぉ？」

「風呂《ふろ》敷包《しきづつ》みに入った銭湯の道具です。手ぬぐいと、石けん箱と」

「激しくローカルな拾得物だな。まあいいや。似た事件？　水槽に詰めた？　どこで、いつ起きた事件だよ」

恵平は首を傾げた。そういえば、いつどこで起きた事件か、聞いただろうか。柏村の話しぶりからつい最近のことだと思っていたけど、具体的なことはなにひとつ確認しなかった。なにより昨夜はしたたかに酔っ払っていて……

ダメじゃん自分、と心の中で突っ込みを入れる。

「俺は知らないぞ？　そんな事件は」

「私もですけど……男性が銭湯で見かけた少年を殺して、その遺体を水槽に詰めて、床下で保存していたという事件です。鑑賞目的で」

「はあ？　そんな事件が起きてたら、知らないわけがないだろう」

首だけ前に突き出して、平野が恵平の顔をのぞき込む。決定的なことを訊《き》いておくのを忘れたので、恵平はたじろいで、話題を変えた。

「犯行前も犯人の奇行が目立っていたというので、もしかしたら、今回も、事件の予兆というか、何か変わったことを起こしていたんじゃないのかなって」

「どんな奇行だよ」

「後ろから子供に抱きついたり、暴力を振るったり」

「ああー……まあなー」

平野は首の後ろを掻《か》いた。

「でかい事件の前に小さい事件を積み重ねていることはけっこう多い。もちろん、そっちの捜査もやっている。サイバー捜査班がネットの書き込みや児童ポルノのサイトなんかを調べているし、被害者の周辺捜査も始めているけど、捜査ってのは一朝一夕には終わらないんだよ。ていうか、なんでおまえが捜査ごっこをしているんだよ」

「捜査ごっこをしていたわけではありません。ただ」

「ただ、なに」

「初めてあんな場面に遭遇したので、なんというか……」

「トラウマになったって言いたいの？」

「そういうわけじゃ……」

「はーん」

と、平野は意地悪っぽい目で恵平を見下ろした。

「初めてにしちゃ強烈な洗礼だったもんな、気持ちはわかる」

それから捜査手帳を出して、改めて恵平に訊《たず》ねた。

「俺も大先輩とやらの話を聞いて来ようかな。どこの交番の、誰だって？」

「柏村さんという方でした。交番は、ええっと……日本橋？……のほうの……？」

「日本橋交番かな？　瓦《かわら》屋根の、柳の木がある」

「いえ、瓦屋根じゃないし、壁も煉瓦《れんが》風のタイルでしたけど」

「タイルなら築地《つきじ》交番じゃ？　ひさしがアールになっている」

「そうです、そうです。ひさしがアールになっていました」

「全然場所が違うじゃんかよ」

「すみません。一度地下道へ入ってしまうと、どこへ出たのか、よくわからなくて。まだやっと、東京駅の周りだけがわかる状態なので」

ふーん、と平野は言って、恵平の前に出た。

「じゃ、俺は捜査を続けるから、おまえは帰れ。そっち行けば駅へ戻れるぞ」

さすがにそれくらいのことはわかる。恵平は平野について行きたかったが、平野はその場に恵平を残して、ズカズカと、またどこかへ行ってしまった。

ところがその日の夕方のこと。恵平が交番での業務を終える午後五時過ぎに、またも平野は電話をよこした。洞田から電話を代わるように言われて受話器を取ると、いきなり不機嫌な声がした。

「ケッペー、おめー、いい加減なこと言ってんじゃねえぞ」

「いい加減なことって、なんですか？」

「築地交番に柏村なんて署員はいないってよ。拾得物届も出てなかったぞ、風呂敷包みの」

「そんなはずないです。お茶を出していただいて、しばらく話をしたんですから」

「お茶ぁ？」

「ほうじ茶をいただきました。すっごくおいしい」

「夢でも見たんじゃないのかよ。ちなみに、水槽に入った死体なんて事件も知らなかったぞ、誰もだ、誰一人として」

そんなはずはない。恵平も首を傾げてしまった。

「ひさしがアールの交番ですよね？　壁が煉瓦風タイル張りの」

「そうだよ」

「赤いランプが点《とも》っていて、ドアが白いペンキ塗りの」

「ペンキだったかな、よくわからん」

「カウンターがなくて、木のテーブルがある」

「テーブルなんて、どこの交番にもあるだろうがよ」

「古くさい感じの交番ですよね」

「古くさいかなあ……主観によるな」

なんとなく話が嚙《か》み合わない。

「……築地交番じゃないのかも」

「んじゃ、どこの交番なんだよ」

恵平は電話口で詫《わ》びた。

「すみません。わかりません。ネットで調べて連絡します」

もういいよと平野は言って、

「それよりも、明日ちょっと手伝って欲しいんだけどな」

と、話を変えた。

「班長から伊倉巡査部長に話を通してもらったから、一日こっちを手伝ってくれ。朝礼が終わったら一緒に出るぞ。鎌倉へ行く」

「鎌倉ですか」

「そ。ギガクとかブガクとか、おまえのほうが詳しいからな。一緒に武士山八幡宮へ行って、面の話を聞いて欲しいんだよ。呉女だとか崑崙だとか言われても、俺にはまったくわからないから」

ちょっと面白くなってきた。恵平は高揚した声で「はい」と答えた。

「実はさ、本庁の俺のバディが腰痛で休んでいてさ、しばらく単独行動しているんだよ。まあさ、俺もまだ駆け出しで、大したことは調べさせてもらってないから……」

平野はブツクサ言ってから、「ま、それはいいか」と、独り言のように呟《つぶや》いた。

「交番の制服ってわけにはいかないから、それなりに動きやすい服装で頼むわ」

「わかりました。気力体力逮捕術には自信があるから大丈夫です」

「なによりだ。見習い警察官に求められるのは気力と体力だけだからな。ちなみに逮捕術は使わない。そういうな、技術に奢《おご》った奴ほど危険な目に遭うんだからな。言っておくけど口は出すなよ？　俺の指示に従うこと」

「わかりました」

んじゃ、明日な、と平野が電話を切ると、恵平は思わずガッツポーズを決めた。たまたま伎楽《ぎがく》の公演を観ていてよかった。武士山八幡宮へ参拝したことがあってよかった。世の中は何が幸いするかわからない。

恵平は大急ぎで日報を仕上げると、明日着ていく服を準備するため寮へ戻った。


翌朝もまた快晴だった。東京駅から鎌倉駅までは約一時間、鎌倉駅から武士山八幡宮までは徒歩で十数分というところである。恵平と平野は昼前に鎌倉駅に到着し、あ

また の観光客に交じって武士山八幡宮を目指した。神社へ続く大通りは参拝者のために整備され、石積みの上に石灯籠《いしどうろう》が並ぶ瀟洒《しょうしゃ》な参道になっている。松や楓《かえで》が植えられた和風の道は、歩いているだけでもちょっとした観光気分に浸ってしまう。

「なあ。なんで恵平って名前なんだよ？」

昨日と同じく大股《おおまた》で歩きながら、平野は恵平に訊いてきた。

「なんでって、どういう意味ですか」

「だって変わっているじゃんか。女なのに恵平ってさ」

「ああ、それですか」と恵平は言い、「わかりません」と素直に答えた。

ゆったり散策を楽しむ観光客とは一線を画す早さで歩きつつ、平野はちぇっ、と舌を鳴らした。

「自分の名前なのに、知らないのかよ」

「だって、私がつけたわけじゃありませんから」

「誰がつけたの」

「お祖父《じい》ちゃんです。いわれを訊く前に死んじゃったので、どうして男の子みたいな名前にしたのか、わからないんです」

「ふーん……」

と平野は空を仰いだ。

「平野刑事はご存じですか？　自分がどうしてその名前になったのか」

「知ってるよ」

「ジンゾウって言うんですよね？　悪い名前じゃないと思うけど」

「はっ」

平野は立ち止まって恵平を見下ろした。

「よく知りもしないで適当なこと言うなよ？」

それから胸ポケットに手を突っ込んで、名刺を一枚引き出した。

「見ろ」と言って恵平に渡す。

警視庁丸の内西警察署刑事組織犯罪対策課刑事と肩書きが並び、中央に大きな文字で『平野腎臓《じんぞう》』と書かれている。恵平は小鼻をピクリと動かした。

「え……ジンゾウって、この字ですか？」

「そうだよ」

平野は名刺を取り返し、そそくさとポケットに突っ込んだ。

「斬新《ざんしん》と言えば斬新ですね」

「んなわけねえだろ」

なぜか不満そうな顔をしている。

「画数が多いから、小学校くらいまでは、みんな尊敬の目で見るんだよ。難しい漢字が書けてすごいねって。んで、中学からだな、名前の受難が始まるのは」

申し訳ないけど、笑ってしまった。

「あ、笑ったな」と、腎臓が怒る。

「いえ、笑ってません、笑ってません」

「笑ってんじゃねえか」

すみませんと謝って、どうしてその文字なんですか？　と平野に訊《き》いた。

「俺の親父は外科医なんだよ」

「うちは内科医です。といっても開業医じゃなく、田舎の診療所にいるんですけど」

「そうなのかよ。医者ってヤツはまったく……」

頭ん中が変わってね？　と、平野が訊く。

「俺の親父に言わせると、『臓』のつく臓器は人体の肝心要《かなめ》なんだとさ。だから俺の兄弟は、上から順に、心臓、腎臓、肝臓って名前なんだよなあ」

「平野刑事は次男ですか？」

「そういうこと」

「四男が生まれたら、脾臓《ひぞう》とか膵臓《すいぞう》に？」

「親父ならやりかねない」

「長女が生まれたら脾子《ひこ》？　膵子《すいこ》？　それとも卵子《らんこ》ですか？　それもなんだか……」

恵平がまた笑ったので、平野はやれやれと首をすくめた。

着任早々、平野が親しげに声をかけてきたのはそのせいだったのだ。恵平と腎臓は、たしかに変わった名前コンビだ。

「だから名刺渡すのイヤなんだって。名前の話になっちまうから」

「でも、刑事としては好都合じゃないですか？　話のきっかけがつかめるし」

「他人事《ひとごと》だと思って好きなこと言うなよ」

「私はけっこう重宝ですよ？　初対面でもすぐに名前を覚えてもらえるし」

「まあ、そうかもな」

前方遠くに赤々とした丹塗《にぬ》りの社殿が見えて来た。豊穣《ほうじょう》を表す色とも、魔除《まよ》けの色ともされる朱赤は、目に入った瞬間にハッとする。平野は捜査手帳を出して、

「あの少年だけどさ」と、唐突に言った。

「検死官が、髪の毛についた匂いの成分を調べさせていたろ？」

確かに検死官は遺体の髪の匂いを嗅《か》いでいた。それを見た恵平の印象は、よくあん

なことができるなどというものだったけど、それは言えない。

「スパイクナードって植物の根から抽出したオイルだったらしいんだ」

「それって、日本に自生している植物ですか？」

「自生地はヒマラヤで、日本へは精油で輸入されている。古代では高価な品とされ、マグダラのマリアがイエスの足に塗ったというナルドの香油がそれだとさ。根から直接生えて花を咲かせることから、神聖なパワーを持つと信じられていたらしい。精油技術が進んだ今では、グラム三百円程度から流通しているみたいだけどな」

「それが被害者の髪に付いていた？　なんだかオカルトチックですね」

「髪だけでなく、全身に塗られていたようなんだ」

「いったいどういうことでしょう」

恵平は眉《まゆ》をひそめた。

「白木の箱に詰めたのも、何かの儀式だったんですかねえ？　少年は生《い》け贄《にえ》だった？」

「さっぱりわからん」

平野は前を見て言った。

「そもそも面をかぶせられていた理由がわからない。箱に詰め込んでいた理由、香油を注がれていた理由も、殺されなきゃならなかった理由も」

「遺体がロッカーにあった理由も、ですよね」

さりげなく付け足した。

「わからないことだらけで頭の中がごちゃごちゃしますね」

「一つ一つ外堀を埋めていくしかないんだよ。気になる事はすべて調べる。俺の仕事もその一つに過ぎなくて、面を追うのが俺の役目だ」

「刑事って、外側から見るイメージとは随分と違うんですね」

「外側って何だよ？　テレビドラマのことを言ってんのか？　んじゃ、教えてやる。もしもケッペーが刑事になるつもりなら、最も必要なのは文章力だ。正確に素早く書類を捌《さば》く能力な？　今のうちにたくさん本を読んでおけ。以上」

偉そうに平野は言って、「行くぞ」とさらに足を速めた。

そして巨大な丹塗りの鳥居の下で一礼すると、まっすぐ社務所へ向かって行った。

第五章　異形の面

その面は木製で、灰色に塗られており、眼球部分に金箔《きんぱく》が貼られている。鑑識の結果、百年ぐらい前のものらしく、ところどころ絵の具が剝《は》げて、砥《と》の粉《こ》の色が覗《のぞ》いている。イの形に大きく開けた口には牙《きば》があり、巨大な鼻が口の中央に被《かぶ》さっている。眉間《みけん》に寄ったシワは深く、睨《にら》むような目つきをしている。恵平は崑崙がルーツではないかと疑ってみたが、残念なことに獣のような耳はついていない。

「当宮の所蔵ではございませんな」

少年にかぶせられた面の写真をしみじみ眺めて、神社の担当職員は頭《かぶり》を振った。

「当宮では、菩薩《ぼさつ》面一面、舞楽面五面を所蔵しておりますが、いずれも重要文化財に指定されておりまして、そもそも彫りが違います。当宮の面に使われておりますのは金泥ですが、こちらは金箔。当宮の面は鎌倉時代前期のものと伝えられておりますので、時代も相当に違うのではありますまいか。拝見した感じでは、こちらの面はせいぜい百年。さほど古いものとも思えませんが」

「確かにね……」

職員に渡した写真を、脇から一緒に覗き込んで平野が言う。

社務所で平野が用件を話すと、神職の一人が文化財を担当する職員を呼んでくれたのだ。それゆえ平野と恵平は社務所奥の休憩室に立ったまま、宝物館の担当職員と話をしていた。四十がらみの職員は全身から忙しそうなオーラをほとばしらせていて、今しも自分の持ち場へ戻りたいという素振りを隠しもしない。イスはあるのに座りもせず、平野や恵平にも勧めない。その様子から恵平は早く質問を終えなければならない気持ちになって焦ったが、平野のほうは図々《ずうずう》しくも、わざとゆっくり話を進めた。歩く速さからして相当にせっかちのはずなのに、一音一音確認するかのように、おっとり、ゆっくり話している。

「ところで、ですねえ……明治頃までは、こちらの神社でも面を使った祭礼が行われていたと聞いていますが、祭礼には、その重要文化財の貴重なお面を使っていたんでしょうかねえ」

「いえ、別の面です」

「そのお面は保管されていますか」

「ございません。当宮の神幸《みゆき》祭りで十人面の行列が行われていたのは神仏分離令が出された頃までで、現在は分霊された美有喜《みゆき》神社にあるのがその面だという話です」

「その面の一つがこれではないですか」

職員はかすかに笑った。

「さあ……それはなんとも……わたくしには申し上げられません」

首を傾げつつ、面の写真を平野に返す。

「美有喜神社へ行ってみるしかないか」

平野は人差し指の先で頭を掻《か》くと、写真を素直に懐にしまい、

「もうひとつだけ、すみません」

と、職員の顔を見た。

「祭礼に使うお面ってのは、どういう人が作るんですかね」

職員は眉間にかすかな縦皺《たてじわ》を刻んで平野を見つめた。話し出すまでのわずかな間は、刑事ごときに神事の何がわかるのだという空気を感じて、恵平は緊張した。それでも平野は鈍いのか、全く態度を変えようとしない。

「面はすなわち神ですからな。もともとは仏師が彫ったと聞きますが、土着の祭りなどに使われる面の来歴まではわかりかねます」

職員はスッパリと話題を切った。

「あの……お面を使った祭礼というのは、けっこう珍しいものなのでしょうか」

口を出すなと言われたのに、平野の脇から恵平は訊《たず》ねた。なんとなくだが、平野には助け船を出したくなってしまうのだ。分霊した神社に面が伝わったというからには、祭礼用の面は貴重であり、簡単にルーツを追えるのかもしれない。

まだ用があるのかと、あからさまに迷惑な顔をして、慇懃《いんぎん》且つぶっきらぼうに職員は答える。

「そんなことはないでしょう。面を使う祭礼など、調べればどこの街にもひとつやふたつはありますよ。有名どころだけでも、佐渡《さど》の鬼太鼓、遠山《とおやま》の霜月祭《しもつきまつり》、山形遊佐《ゆざ》のアマハゲ、秋田のナマハゲ、岩手の鬼剣舞《おにけんばい》、千葉の鬼来迎《きらいごう》、いくらでもある。知られていない小さい祭りは、それこそもっと多いと思いますがね」

「そんなに……」

それでは日本全国に如何《いか》ほどの面が存在するのかと考えて、恵平はめまいがした。平野はそれら一つ一つをしらみつぶしに調べていくというのだろうか。靴がクタクタになるはずだ。

職員に礼を言って、武士山八幡宮を後にする。再び鳥居で一礼をして歩道に出ると、

「聞き込みしている最中に、オタオタするんじゃねえよ」

と、平野は言った。

「おまえはどこを見ていたんだよ」

「見ていたって、何をですか？」

胡乱《うろん》に目を細めて恵平を見下ろしながら平野が続ける。

「天ヶ瀬《あまがせ》とか言ったな、あの職員。露骨に迷惑そうな顔しやがって。こっちも好きで聞き込みに歩いているわけじゃないっつうのに、あの態度」

「気がついていたんですか？　すごく忙しそうでしたよね。だから、申し訳ない気がして、焦ってしまって」

「忙しくない人間なんていないんだよ。何か知ってますかと訊《き》いて、はい、知ってますよと答えるヤツもいないんだ。だからあれこれと話を振って、記憶を引っ張り出してもらわなきゃならないの。木戸に立てかけし衣食住って言うだろ？」

「聞いたことがあります。スムーズに聞き込みをするためのテクニックですよね」

「刑事に必要なのは人間力なんだぞ？　あと、図々しさな」

覚えとけ、と平野は言って、またも恵平の前をズンズン進む。

次の目的地である美有喜神社は二駅先だ。恵平と平野は再び電車で移動した。鳥居の前を江《え》ノ電《でん》が横切る美有喜神社は、由比《ゆい》ヶ《が》浜《はま》に近い住宅地の山際にひっそりと佇《たたず》んでいる。静謐《せいひつ》な空気のなか、拝殿奥にぼんぼりが赤く灯《とも》る境内を進んで行くと、思いのほか敷地が広く、複雑で、平日というのに結構な数の観光客が訪れていた。

「思ったより、ずっと大きな神社ですね」

平野に言うと、平野はスマホで神社の情報を検索しながら、

「ここの祭礼は『はらみっと』って言うらしい」と呟《つぶや》いた。

「サミットみたいな名前ですね」

「毎年九月にやるんだってさ。笛や太鼓に面掛け衆が続く百人以上の行列が見物で、最後に腹のでっかい『阿亀《おかめ》』が通る。その腹をなでると子宝に恵まれるという言い伝えから、孕《はら》みっと？」

「ダジャレですか」

「別名を面掛け行列と言って、県の無形文化財なんだとさ」

「ちっとも知りませんでした。もっとも、霜月祭の遠山郷は信州ですけど、私は一度も見たことがないですし……知らないお祭りって多いですよね」

地元では有名な神社のようで、社務所にはお守りの授与を待つ人たちが並んでいる。

あまり迷惑をかけてもいけないので、社務所が空《す》くのを待ちながら境内を散策していると、宝蔵庫の中にカラフルな面の掛かった額が見えた。

「あ、お面。お面の額がありますよ」

覗《のぞ》いてみると、額が掛かった壁の下がガラスケースになっていて、古いお面がずらりと並んでいる。

「平野刑事。見てください。お面です」

言うが早いか、恵平はもう宝蔵庫へ消えていた。

「サルかよ。おまえ、脳みそと運動機能が直結しているタイプだろ」

ぶつくさ言いながら平野が続く。

「普通はそうじゃないですか？　脳と運動機能の直結」

「普通はその間に思考回路があるんだよ。おまえみたいに、すべてに行動が優先しないの。考えるの、ちゃんと、普通のヤツは」

「すみません」

口ではそう言いながら、恵平はガラスケースを覗き込む。

「あ、ありました！　三番面って書いてありますよ。異形、異形はここの三番面です。一番面が爺《じい》で、二番面が鬼、三番面が異形で、あとは、鼻長《はななが》、火吹男《ひょっとこ》、烏天狗《からすてんぐ》。翁《おきな》、福禄寿《ふくろくじゅ》に阿亀、『とりあげ』なんていうのもいるんですね。お産婆さんのことでしょうか。火吹男は『ひょっとこ』ですよね。竈《かまど》の神様だと聞いたことがあります。そうか。お面が十枚だから面掛け十人衆と呼ばれたんですね？　ていうか、あれ？　爺と翁はどう違うのかな。どっちもお爺さんなんじゃ……」

「まったく俺の話を聞いてねえな、おい」

平野も恵平の横に来て、ケースに並ぶ面を見た。

デフォルメされた顔はユーモラスとも不気味とも見え、古びて傷ついた表面が異様な迫力をたたえている。人と同じ肌質に彩色された面も多いが、二番面の鬼が白い顔をしているのに対し、三番面の異形はやはり灰色の顔をしていた。

平野が面の写真を出すと、恵平が寄って来て覗き込む。

二つの面を比べやすいように、平野は異形の面に写真をかざした。造作に多少の差はあるものの、それぞれの面は作りが似ている。灰色の顔と、ィの形に開けた口。口の中に並ぶ牙《きば》、大きな鼻、見開いた眼、眉間《みけん》に寄った深い皺《しわ》。

神社が参拝者用に表示している説明書きによれば、これらの面はやはり、奈良《なら》時代に伝わった伎楽面《ぎがくめん》をモチーフに、豊穣《ほうじょう》、豊作の願いと交わり、阿亀や取り上げ婆《ばば》を交えて祭礼の面として伝わったものだと書かれている。

「事件に使われたのは、ここのお面じゃなかったんですね」

ため息のように恵平が言う。

「一応さ、祭礼の面の盗難届も調べたんだけど、警視庁の管轄区内では、それらしき届け出が見つかっていないんだよな。ていうか、ここみたいに管理がきちんとしていればともかく、盗まれても次の祭礼まで気がつかない場合だってあるかもだ……くそぅ……あとは、どこをどうやって調べりゃいいんだよ」

「お面を作っている人に聞いたらどうでしょう？　そういう世界って、結構狭いんじゃないですか」

「仏師ってやつか？」

「はい」

平野は再び写真をしまい、

「とりあえず、ここの宮司に話を聞くか」

と言って社務所へ向かった。

社務所で御朱印を押していた神職に訊《たず》ねると、神社に奉納された面は武士山八幡宮から伝わったものとされ、古いもので宝暦《ほうれき》二年（１７５２年）の銘があるという。ここでは伝わった面を今も大切に使っているので、新たな面の制作を依頼する仏師などは知らないということだった。

「古い面には刻んだ人の銘が残されていない場合も多いのです。また、氏子が奉納することもありまして、来歴がわかることのほうが珍しいかもしれません」

隣でお守りを授与していた巫女《みこ》さんが、

「今だとネットで調べた方が早いかもしれませんね」

と言う。若い神職も頷《うなず》いた。

「確かにそうかもしれません。造仏の依頼をネットで受けるという仏師さんも多いですから」

神社の下を江ノ電が通り、遮断機の音や列車の音が境内にまで響いて来る。緑濃い境内を風が渡って、潮風の匂いが鼻をつく。

恵平と平野は礼を言い、またしても神社を後にした。

「うまくいかねえなあ」

と、平野が呟く。不気味な面の写真だけを持って、その来歴を探ろうというのだ。

恵平には、刑事の仕事がとんでもなく大変なことに思われた。

「変わったお面だから、すぐに何かわかると思ったんですけど、違うんですね」

それから思いついて訊《き》いてみた。

「ネットやニュースにお面の画像を流して、情報を募ったらどうなんですか？」

「ばーか」

　またも大股《おおまた》で歩きながら平野が言う。

「ったく……すぐに音を上げるんじゃねえよ。手の内を晒《さら》すのは最後の手段。俺はまだ駆け出しだから面を探ってるけど、河島班長たちなんか、面に縛ってあった紐《ひも》を調べてんだぞ？　紐だぞ、紐。問屋から博物館までしらみつぶしに当たっているんだ」

「ひゃー。大変ですねえ」

「刑事だからな」

　自分を鼓舞するように平野は言って、ふと立ち止まり、道路の向こうの海に目をやった。

「たしか、被害者の家もこのあたりなんだよな。溺死《できし》したと思われていたのが由比ヶ浜だから」

「え、そうなんですか」

「行ってみるか」

　恵平の返事を待つこともなく、平野はスマホに地図アプリを呼び出した。住所を入力して周囲を見渡し、「こっちだ」と言って歩き出す。

恵平は再び平野を追った。

鎌倉は静かで美しい街だった。緑が多く、潮風が香り、家々はよく手入れがされていた。藤原賢人少年の家は高台にあり、そばまで行くと、門に忌中の提灯《ちょうちん》が下げられていた。司法解剖になると遺体の帰りは遅くなるので、告別式はまだこれからのようである。祖父が日本舞踊の家元だという藤原家は敷地の広い和風建築で、通りまで線香の匂いが漂っていた。物音はせず、静かなままだ。

藤原家の不幸を悼《いた》むかのように、通り全体が静まりかえっている。

「話を聞きに行くんですか？」

恵平が訊くと、

「いや」

と平野は答えた。

「近くだから家の様子を見に来ただけだ。鑑取り捜査は他のチームがやってるからな。縄張りを荒らしたら、えらいことになっちまう」

外から家の様子を眺めただけで、平野はまた歩き始めた。

「今度はどこへ行くんです？」

「由比ヶ浜」

「被害者は海へ行くと言って行方不明になったんですものね」

その場所からは家並みが邪魔して海が見えないが、地図アプリで確認すると、徒歩でも十分程度で浜辺に着くと思われた。

家族の前から消えた最後の日、少年が駆け下りたとおぼしき坂道を、恵平と平野は徒歩で下った。お祖父《じい》さんと喧嘩《けんか》してこの道を下った被害者は、そのとき何を考えていたのだろう。真っ白になって箱に詰められた少年の姿は夢の中の出来事のようにも思われるけれど、こうして靴裏にアスファルトを踏みしめていると、彼が生身の人間だったということがヒシヒシと胸に迫ってくる。事件が起きなければ祖父と和解するチャンスもあったはずなのに。それを思うと、家元のお祖父さんも可哀想だ。刑事は靴裏でそれを実感しつつ、被害者の無念を晴らそうと捜査に情熱を傾けるのだろうか。

——何でもかんでもよく見ておくことだ。自分が選んだ仕事をね——

伊倉の言葉が脳裏をよぎる。無言で先を行く平野に置いて行かれないよう、大股で住宅の間を進んでいると、やがて交差点の奥で風景が途切れて、前方遠くに突然海が現れた。水平線と空が重なり、波の音が聞こえている。海なし県で育った恵平は、こんなふうに海を見ると、つい興奮してしまう。

「あ、海」弾んだ声で言うと、

「見りゃわかる」と、平野が答えた。

「歩いても七、八分ってところだな。そりゃ、しょっちゅう泳ぎに来るはずだ」

時間を確認してメモを取り、平野はそのまま海へ向かった。道のどん詰まりは垂直に交わる国道とガードレールで、その下が砂浜である。砂浜は広く、穏やかな波が、まるで音楽のように打ち寄せている。美しい。

「こんなに穏やかな浜辺でも、離岸流ってあるんですかね」

ガードレールに寄りかかって海を見ても、潮流がどう流れているのかわからない。

親子連れが波打際で遊んでいて、貝殻を拾う人たちもいる。

「服を脱いで、置くとしたなら、やっぱり砂浜じゃなくて何かの近くに置きますよねえ。人情として」

「そうだろうな」

平野は頭を巡らせて砂浜を遠望し、そして、「む」と、小さく唸《うな》った。

「どこへ行くんですか？　平野刑事」

いきなりガードレールを飛び越して砂浜へ下りたので、恵平も平野に続いた。

恵平が警察官を目指したのは、一度拳銃《けんじゅう》を撃ってみたかったのと、運動神経に自信があったからだった。ガードレールを飛び越すくらいは造作もない。

砂浜の先に漁船をつないだ小屋があり、海岸へ下りる坂道の傍らに花がまとめて置かれている。近寄ってみると花束で、封を切っていない飲み物の缶がいくつか並ぶ。誰かの死を悼んで供えられたもののようだった。

「どう思う？」

それらを見下ろして平野は訊いた。

「水難事故があったんですかね」

「それか、被害少年のために置かれたものかだ」

しゃがんで供えられた品々を確認すると、花束は高価なものではないし、供え物の中には扇子もあった。

「扇子があります。平野刑事が言うように、賢人君の友だちが置いたんでしょうか。一緒に海に来たことになっていた友人ですかね？　それともクラスメイトとか」

「またここへ来ると思うか？」

フラワーショップで買った花束の他にも、道端で摘んだか、家の庭から切ってきたような花がある。学校帰りに寄り道しているのかもしれない。

「来そうな気配はありますね」

少年はここで死んだわけではないが、友人たちには供え物を置いて彼と語る場所が必要なのだろう。突然の別れを納得するために、人は何かを求めてしまう。

「待ってみるか」

と、平野は言って、スマホでどこかへ電話を掛けた。

恵平は花を見ていた。なけなしのお小遣いで買った花。なけなしのお小遣いで買った飲み物。漫画の本、スナックや折り紙、きれいな扇子。白くなっていたあの子は、どんな少年だったのだろう。少なくとも彼の死を悼む友人が大勢いたということだ。両手を合わせて冥福《めいふく》を祈る。駅の現場では、そうする余裕すらなかったけれど。

「まだ学校が終わらないからな。もう一、二件、足で稼ぐぞ」

電話を切って平野が言った。

「わかりました。どこへ行きますか？」

「香油だよ。遺体に塗ってあった香油。輸入元から辿《たど》って、手分けして購入先を一軒一軒潰《つぶ》してるんだが、鎌倉にもスパイクナードを仕入れたアロマショップが三軒あるんだと。こっちにいるなら回って欲しいと班長が言っているんだよ」

それらの店舗は鎌倉駅周辺に点在しているということで、二人は再び駅まで戻り、三軒を順繰りに回った。アロマ関連のグッズを扱うショップから、アロマセラピーを行うサロン、ヒーリングサービスの店まで入れると、店舗数は三軒を大きく超えて十軒近くになった。すべての店でスパイクナードのサンプルを提出してもらい、ビンの写真を撮って伝票を確認し、購入者がいればそれも訊《たず》ねた。

時間はどんどん過ぎてゆき、恵平と平野が再び由比ヶ浜へ戻った頃には、中学校の終業時間ギリギリになっていた。お昼ご飯も食べていない。お茶も、水分補給をする暇すらなかった。

「体力には自信があると言いましたけど、ちょっと前言撤回します」

ようやく自販機でスポーツ飲料を買って、飲みながら恵平は平野に言った。二人は海岸の供え物が見える位置にいて、砂浜に疲れた足を投げ出している。

「交番勤務でもけっこう飛び回っていますけど、刑事がこんなに歩くとは」

「今夜あたり足がつるぞ」

スポーツ飲料をガブガブ飲んで平野が笑う。

「若いから大丈夫だと思います」

ペイさんに靴を磨いてもらって本当によかった。堅い革靴のままだったなら、今頃は足がマメだらけになっていたはずだ。

「結局、香油を買った人の中に、怪しい人はいませんでしたね」

「でも、サンプルを提供してもらったろ」

「それはまあそうですけど。ストレートで使うんじゃなく、混ぜたり、薄めたり、ブレンドしたり……ああなってしまうと裾野《すその》が広すぎてお手上げなんじゃ」

「おまえ、科学捜査をなめてんな？」

砂に両肘《りょうひじ》をついて体を伸ばし、平野は言った。こんなに歩き回ったのに涼しい顔だ。

「サンプルから、死体についていた香油と同じ成分のものがあるかを調べるんだよ。同じ植物から精製した香油でも、成分は微妙に違うんだ。香油の種類が特定できれば、メーカーがわかって、また少し犯人の範囲が狭まっていく」

恵平はポカンと口を開けてしまった。

「そうなんですね、すごいですねえ」

日差しは暖かく、潮風と波の音が心地よい。寄せては返す波の音にはリラックス効果があるようだ。キラキラと日光をはじく海を眺めていると、

「いったい、何があったのかなあ……」

平野がしみじみ呟《つぶや》いた。

「ここで泳いでいたんだよなぁ、その日までは……。売店でコーラを買って、海で泳いで、それからだよ。どこでどうしていたんだろうな？」

被害者のことを考えているのだ、平野もまた。

恵平は少年が好きだった海を眺めた。もしも友人が田舎に帰省していなかったなら、もしも祖父と喧嘩《けんか》しなかったなら、もしも海にこなかったなら……どれだけ『もしも』を重ねても、被害者は戻らない。

「来たぞ」

しばらくすると、平野がそっと体を起こした。膝《ひざ》を曲げて靴を脱ぎ、靴の中に入った砂を払って、履きなおす。視線の先には供え物の場所があり、そこに数人の中学生が集まっていた。通学鞄《かばん》を提げて制服を着た男の子が三人、女の子が二人いる。彼らは供え物の近くに新しい花を置き、合掌して、頭《こうべ》を垂れた。

「行くぞ」

小さく言って立ち上がる。恵平は慌ててお尻《しり》の砂を払った。

「ちょっといいかな」

片方の手はポケットに入れて、小指で頭を掻《か》きながら平野が訊《き》くと、中学生たちは、まだあどけない顔で振り返った。

「暖かくていい天気だな。なあ？」

平野は彼らに微笑みかけたが、彼らは妙な大人が寄って来たという顔をしている。天気の話はスムーズに聞き込みをするための裏技にあったが、使い方次第だと恵平は思う。大人が近づいて、いきなり天気の話をするのはちょっと不気味だ。中学生らの態度を見て平野もそう思ったのか、「あー……コホン」と咳払《せきばら》いをして、

「ここで誰か亡くなったのかな？」

今度は単刀直入に訊いた。

「もしかして藤原賢人君かしら？」

またもや助け船を出すように恵平が訊ねると、彼らは互いに顔を見合わせた。

「……ここで死んだわけじゃないけど——」

おずおずとしながら一人が答える。大人びた顔をした少年だ。

「——死んだわけじゃないけれど、ここで溺《おぼ》れたと聞いたから、その時からなんとなく、ここへ、花を……」

「うん」

と平野がその先を促す。

「藤原君の服が脱いであったのがここだったんです」

女の子が補足する。少年が消えてしまった日から、着ていた服が置かれたこの場所

が、彼らの聖地になったのだ。

「お兄ちゃんたちは刑事なんだけどさ、ちょっと話を訊いてもいいかな」

女の子たちは体を寄せて、男の子三人もまた、互いに体を近づける。警戒は解かれていないのだ。花が置かれた近くには、海岸から上の道路へ上りやすいよう土留《どど》めのタイヤが埋められている。平野はタイヤの一つに腰を掛け、少年たちを下から見上げた。あまり威圧感を与えない姿勢だ。

「話、訊かせてくれる？」

恵平がもう一度訊くと、彼らは互いに顔を見合わせてから、

「はい」と言って、頷《うなず》いた。

「きみたちは同級生？」

捜査手帳を出すこともなく平野が訊ねる。

「ぼくと坂口《さかぐち》君と、伊藤《いとう》さんと松田《まつだ》さんは同級生です。鈴木《すずき》君は他のクラスで」

「俺は小学校から、ずっと賢人の友だちです」

大人びた顔の彼が言う。

「藤原賢人君と、よくここへ来ていた子はここにいる？」

「それって、たぶん、俺だと思う」

鈴木という子が、田舎へ行っていた友だちらしい。

「中学はクラスが違って、でも、仲がよかったのね？」

恵平が訊ねると、鈴木少年はうつむき加減になって目をしばたたいた。

「仲がよかったというか」

伊藤さんと呼ばれた少女が答える。

「鈴木君と藤原君はダンスのチームを作っていたんです」

「チームって？　日本舞踊の？」

「そうじゃなく、ストリートダンスの」

平野がチラリと恵平を見上げた。もっと突っ込んで訊けというのだ。

「ストリートダンスって？　あの、かっこいいヤツ？」

腕を振り回して真似てみたが、恵平のそれはタコ踊りさながらの不細工さで、中学生らは一斉に破顔した。

「お姉さんの、ひどい。全然違うけど、そういうヤツです。鈴木君たちのはカッコよかったけどね」

「ファンも多かったんだよね」

女の子二人が口々に言う。

「でも、藤原君のお家《うち》は日本舞踊の家元さんじゃなかったの？」

鈴木少年は苦しげな顔をした。

「そうだけど、だから……賢人は内緒でやっていたんです。あいつは名取りで、準師範くらいの腕があって、祖父《じい》ちゃんがすごく期待していて、でも、ダンスもすごくうまかったし、好きだったんだ」

「藤原君と鈴木君はストリートダンスにハマってたんです」

「学校の帰りに、そっちの駐車場の隅っこで、いつも二人で練習していて、私たち、たまに見に来ていたんです。どっちかっていうと藤原君のほうが熱心で、独りきりでも練習していました」

「俺はバスケのクラブに入っているから、試合の前は練習する時間がなかっただけで、でも、俺だってダンスが好きだ」

「藤原君は踊りの練習があるから帰宅部でした」

帰宅部とは、クラブ活動をせずに直帰する生徒のことである。

「藤原君が海でいなくなる前に、ケガをしていたって聞いたんだけど。それって、もしかして、ダンスの練習で？」

「そうです。ブレイクダンスの練習をしていて……ちょっと……」

鈴木少年が頷いた。

「腰をひねっちゃって、これだと踊りの所作がヤバいって言ってた。あいつん家《ち》は祖父ちゃんが厳しくて、日に焼けてもいけないし、筋肉が付きすぎてもいけないし、あと、なんだったかな。他のダンスをやってると、変な癖が付くからって、あれもダメ、これもダメって言われてさ。だから秘密にしていたんだけど、ダンスやってたの、ばれちゃったみたいで」

「はーん」

と、平野は小さく言った。祖父と喧嘩をした原因は、ケガそのものというよりも、ストリートダンスにあったのだ。

「藤原君たちは、中学校の人気者だったのね？」

少女たちに訊《たず》ねると、二人同時に頷いた。

「藤原君の場合は、もともと人気者っていうか……舞踊会に行くとブロマイドとか売ってるし」

「藤原君の？」

「はい。藤原君だけじゃないけど、藤原君のもありました」

見ますか？と言って、少女は鞄《かばん》の中から封筒に入った絵はがきを出す。

「伊藤さん、なんでそんなの持ってるの？」

仲間の一人が訊ねると、「イラストの資料」と、少女は答えた。

「私は美術部なんですけど、賢人君が、これを資料に使えばいいって」

手渡された絵はがきは全部で五枚。真っ白にドーランを塗り、豪華絢爛《けんらん》な衣装をまとった美しい踊り子が写っている。男踊りの写真もあるが、姫の姿をしたものもある。細面で整った顔。中性的な魅力をまとった少年は、この世のものとは思われない。

「すごい……ていうか、怖いくらい綺《き》麗《れい》ね……これが男の子かと思うと、敗北感が半端ないなぁ」

恵平が息を呑《の》むと、平野も立ち上がってきて写真を覗《のぞ》いた。

「うーむ……化けるっちゃ化けるよなあ。てか、日本人形みたいだな」

「その写真はそうだけど、鈴木君と踊っているときはカッコいい感じだったです。いつもは普通だったよね？　普通の、やんちゃな子だったよ」

ああだった、こうだった、と彼らはそれぞれに訴え始めた。まるで藤原賢人がもう帰って来ないことを、自分に言い聞かせているかのようだ。彼が消息を絶ってから、通学路に近く、彼がいつもいた海岸へ寄り道をして花を供えているのだと、中学生らは口々に語った。たまらないのは、彼がいなくなったとき、もっとよく捜していれば救えたのではないかと思うこと。鈴木少年は特に、田舎へ行っていた自分を責めていると言う。

「賢人を一人にさせないで、俺が一緒にいたらと思う。そうすれば、今でもあいつは学校に来ていたんだなって考えてしまう。あのとき、俺が、祖母《ばあ》ちゃんの法事なんかに行ってなかったら……」

「そうか……つらいな」

平野は少年の腕を叩《たた》いた。大きな手で、包み込むように。

潮風が舞い上げた砂が足下を走っていく。萎《しお》れた花がパタパタ揺れて、ジュースの缶に砂が積もる。あの真っ白な少年は、確かに生きて、ここに存在していたのだと恵平は感じ、そっと拳《こぶし》を握りしめる。

「いろいろと聞かせてくれて、ありがとな」

平野は白い歯を見せて片手を上げた。行くぞと恵平に首を振り、海岸を出ようと踵《きびす》を返すと、後ろから鈴木少年が、

「刑事さん」と声をかけてきた。

「賢人を殺した犯人、捕まりますよね」

振り向くと、少年たちがまっすぐな目でこちらを見ていた。雑念のない澄んだ瞳《ひとみ》は、

大切な友だちの敵を討って欲しいと訴えている。

「おう。まかせとけ」

平野は力強い声で答えた。

その横で彼らに頭を下げて、恵平はまたもや平野を追いかけた。

平野は、ここへ来るときよりもさらに大股《おおまた》になっている。そして恵平と同じように、てのひらを拳に握っている。恵平も自分の拳に力を込めた。このときばかりは、平野と同志になった気がした。


昼食も食べず、休みも取らず、平野と恵平が東京駅に戻った頃に、日はとっぷりと暮れていた。慌ただしく家路を急ぐ人々に交じって、酔客の姿もちらほらと見える。彼らを目で追いながら、恵平のおなかは激しく鳴った。

「すげー音させてんな」

相変わらずセカセカと前を行きつつ平野が笑う。

「ていうか、さすがに腹が減ったよな。メシ喰《く》うか」

「はい！」

追いついて言うと、

「一番威勢のいい『はい』じゃねえかよ」

平野は白い歯を見せた。

「何が喰いたい？」

「もう、なんでも食べたい気分です。丼《どんぶり》でも、お皿でも、箸《はし》でも」

「さすがに瀬戸物を喰わせる店は知らない」

平野が駅前広場へ出て行ったので、恵平はまた追いついて言った。

「呉服橋のガード下に、ダミちゃんって美味《おい》しい焼き鳥屋さんがあるんですけど」

「ああ。女装してスナックでバイトしている大将の店な？」

平野が答える。

「女装でバイト？　スナックで？」

「そ。ダミちゃんって、大将の愛称だろ？」

「そうですけど」

自称郷ひろみ似のダミさんは、いつも粋《いき》な法被《はっぴ》姿で焼き場に立っている。オネエの気配はみじんもないが、このあたりでダミちゃんといえば、他の店はない。

「土曜の夜は奥さんに店を任せて、スナックでバイトしてんだよ。もとは伯父《おじ》さんのスナックで、若い頃から女装で店の前に立って呼び込みをしていたんだと。そのおかげでスナックは繁盛してさ、今では女装が趣味になったんだってさ」

「ふぁ……そうなんですか……」

　恵平は目を丸くした。

「そのスナックへ、偶然聞き込みに行ったんだよな。そしたら派手なおばさんがいて。俺は全然わからなかったけど、向こうが気づいて『あら、刑事さん』って」

　平野は突然足を止め、恵平を振り返ってニヤリと笑った。

「超絶きれいなおばさんだったぜ」

「あのダミさんが？」

「そのダミさんが」

　ということで、二人は『ダミちゃん』の暖簾《のれん》をくぐった。この晩は、路上のビールケース席は満席で、ちょうどお愛想を済ませたサラリーマンと入れ替わるようにカウンターに着くと、またも滑るようにおしぼりとお通しが目の前に現れた。焼き鳥丼に豚汁と大盛りのお新香をつけてもらうと、ダミさんは爽《さわ》やかに笑いながら、

「はいよ」

　と、生ビール二杯をカウンターに載せた。

「頼んでねえぞ」

「あれ、空耳かなあ？　それとも心の声？」

ダミさんはとぼけている。

「いっそ、おごりじゃないですか」

恵平が言うと、ダミさんは人差し指を左右に振りながら、「チッチッチッ」と舌を鳴らした。「そりゃダメだよ。賄賂《わいろ》になっちまう」

毎度！　と笑うダミさんに、「かなわねえなあ」と平野が呟《つぶや》く。

「飲めるんだろ？」

恵平に訊くので、「もちろんです」と答えると、無言でジョッキを合わせてくる。

歩き通しの空《す》きっ腹に、冷えたビールがしみわたる。この一杯のために歩きましたと思えるくらいの美味しさだ。一気に半分を空にすると、またもや視界がぐるんぐるんと回ってきた。お通しは蓮根《れんこん》のきんぴらで、シャキシャキした口当たりとゴマの香ばしさが絶妙だ。

「ああ……効くな」

平野は一気にジョッキを空けて、焼き鳥丼をかっ込み始めた。

恵平も負けずに豚汁を攻める。今日は一日中、ずっと平野を追いかけていたような気がした。

　夕食代は先輩である平野が支払ってくれた。ごちそうさまでしたと頭を下げて、ガード下から署へ向かうとき、恵平は再び、あの公衆トイレにも似た、寂れて小さな地下道の入口に遭遇した。

「平野刑事、ここですよ。前の時はここから入って、風呂敷《ふろしき》包みを拾ったんです」

「あ？」

　と、平野が立ち止まる。

「ひさしがアールになった交番か？　似たような事件の話を聞いた」

「そうです。柏村さんのいる交番です」

　ふーん。と首筋を掻《か》きながら、平野は階段を下りていく。

　この時間になってようやく、平野の歩き方にも疲れが見えた。それともビールのせいなのか、恵平も酔っているのでよくわからない。それでも平野について階段を下り、細くて暗い地下道を進んだ。

　東京の地下道を行くときは、よくわからないままに歩行者の速度で歩いてしまう。帰宅ラッシュの時は早歩きで、最終電車に近い時刻には走るような速度で。なんとなく方向さえ合っていれば、あとは時々現れる案内板の指示に従う。どこを見ても同じような風景の中を、そうやって進んで行けば、とりあえず目的の方角に出る。ところが、あのときは目的もなく歩いたので、何を目安に進んでいたのか覚えていない。

「どっちだよ？」

「こっち……でしたっけ？」

「俺に訊くなよ」

歩き疲れてじんじん痛い足を引きずるように歩いてしばし。恵平は突然、

「この上だったと思います」と、平野に答えた。

直感の理由は景色ではなく風だった。切れそうな蛍光灯の明かりに、地上へ向かう階段が浮かぶ。その上から吹き下ろす爽やかな風の匂いが記憶にあった。

「ここってどのあたりだよ」

平野が地図アプリを立ち上げたとき、恵平はすでに階段を駆け上がっていた。

「てか待てよ、おい」

「あ、やっぱりここです。あの交番です」

階段の上で恵平が呼ぶと、「ったく」と平野は文句を言いつつスマホをしまった。

道路の斜め向かいには、やはり高架橋の下に食い込むようにして、煉瓦《れんが》タイル張り

の交番が立っている。ペンキ塗りのドアは開かれていて、着物姿の若い女性が何かを抱きしめて交番を出て行くところであった。奥にいるのは柏村で、何度も頭を下げる女性をにこやかに見送っている。

「本当にありがとうございました」

女性はまた深々と頭を下げて踵《きびす》を返し、通りの奥から様子を見ていた恵平と目が合った。恵平が会釈をすると、女性は丁寧にお辞儀して、それから暗い路地へと姿を消した。その顔つきの幼さからしても、恵平とそう違わない年齢に見えたが、和服のせいか、物腰のせいか、落ち着いた雰囲気のある人だった。

「早く、平野刑事。ちょうど柏村さんが立番してます」

平野は階段を一段抜かしで駆け上がって来ると、

「おまえ、本当に脳みそと運動機能が直結してんな」

恵平に文句を言って、通り向こうの交番を眺めた。

「なんだ。交番っていうか、詰め所みたいだな。てか、交番なのか」

目をすがめて確認するが、入口に赤いライトがひとつあるだけなので、交番の名前は暗くて読めない。

「確かにひさしがアールになってるな。それに煉瓦だ」

「そうでしょう？　私が言ったとおりですよね？」

平野が周囲を見渡している間に、恵平はもう、交番へ駆けて行く。

「こんばんは、柏村さん」

入口ドアを閉めようとしていた柏村は、恵平を見ると、

「おやおや、これは」

と、また外に出てきた。慌てて首を伸ばしてキョロキョロしてから、

「いや、ちょうど今、きみに電話しようとしていたところだ」

と言う。それから片手を頭に置いて苦笑した。

「もう行ってしまったなあ。たった今まで、風呂敷包みの落とし主がここにいたんだが」

「あ。私、目が合って会釈しました。若い和服の女性ですよね？　彼女が風呂敷包みを落とした人だったんですか？」

「そうなんだ。しかも落としたんじゃなく、ひったくられていたんだよ」

だから風呂敷包みはあんな場所に突っ込まれていたのだ。

「ひったくられたってことは、他に貴重品があったってことですか？」

「小銭入れがね。残念ながらそれは戻ってこなかったが、それよりも、もっと大切な

宝物が戻ってきたと、たいそう喜んでいたけどね」

「お財布より大切な宝物？」

シャンプーと手ぬぐいと……そんなものがあっただろうか。

「石けん箱だよ。石けん箱の中に結婚指輪が入っていたんだ」

拾ったとき中身を確認したが、石けん箱の中までは見なかった。

「うわー、そんなに大切なものが入っていたんですね。やっぱり届けてよかったわ。本当によかったですねえ」

「小銭入れにあったのは大した金額じゃないから諦《あきら》めるとさ」

柏村は微笑んだ。

「でも、指輪のほうはそうはいかない。泡で滑ってなくさないように、銭湯に行くときは指から抜いて石けん箱に入れるのが常で、それを盗《と》られたものだから生きた心地がしなかったとね。落とし主は柏木芽衣子《かしわぎめいこ》さんと言って、兎屋《うさぎや》さんという餅屋《もちや》のお嫁さんだよ」

兎屋さんという餅屋は知らないが、ネットで調べて行ってみようと考える。

「それでね。ちょっと入ってくれないか」

柏村は恵平を手招いた。

招き入れられた交番内部は先日来た時のままで、寄せ集めのイスが来訪者を迎えるように並んでいる。柏村はカウンター代わりのテーブルの奥へ入って行くと、自分の机から小さなお守りを持って戻って来た。

「せめてお礼に渡して欲しいと、芽衣子さんから預かったんだ」

「私に、ですか？」

「指輪を見つけてくれたお礼だそうだよ。お嫁に来た身で現金は自由にならないが、せめてもの気持ちだと」

お守りには光沢のある紐《ひも》が結ばれて、首から掛けられるようになっていた。

「わあ……うれしいです。私もお礼を言いたかったな」

「郷里の神社のお守りらしいよ。とても御利益があるからと。直接会えればよかったんだが、ちょうどすれ違いで残念だったね。まあ、餅屋さんに行けば商いをしているから会えるだろう。あそこは豆餅が美味《おい》しいよ」

「ネットで調べて行ってみます」

「あー、えー……うんっ、コホンっ！」

交番の外からわざとらしい咳払《せきばら》いが聞こえてきたので、恵平はようやく平野のことを思い出した。

「そうだった、柏村さん。私、署の先輩と一緒なんです。今日は一日中聞き込みのお手伝いをしていたもので」

そう言って半歩ほど体を引くと、平野が進み出て頭を下げた。

「夜分遅くに。丸の内西署の平野です」

「ああ、これはどうもお疲れ様で、柏村です。退官間際の老いぼれですが」

柏村もまた礼儀正しく腰を折り、

「聞き込みと言いますと、例の事件の捜査ですかな？　白木の箱に詰められていたという少年の」

と、平野に訊《き》いた。

やはり情報は、卵ではなく、きちんとした警察官同士で共有されるものらしい。寂しいとか悔しいとかいう気持ちはなくて、自分はそういう世界に身を置いたのだと、恵平は身が引き締まる思いがした。

「それで、どうです？　何かわかりましたかな」

平野はわずかに首をすくめた。

「いえ。まだ何も、たいしたことは……それよりも、堀北の話では、過去に似たような事件が起きていたという話ですが」

「そうですな。まあ、こちらは既に解決済みですが」

柏村はそう言って、またほうじ茶を淹《い》れてくれた。

改めて話を聞くと、その事件が起きたのは恵平や平野が生まれるよりもずっと昔のことだった。跡取りを作って家督を継がせることが使命であった時代。ひとり息子だった犯人への過度なプレッシャーが事件の裏にはあったのだろうと。

「なるほどね」

香りの高いほうじ茶を飲みながら、平野は眉間《みけん》に縦皺《たてじわ》を刻んだ。

「似ているのは、被害者が少年だったこと、水槽や箱に詰められていたところだけかなあ」

狭い交番は、やはり廃校のような匂いがする。丸い蛍光灯の不安定な明かりは部屋の隅々にまで行き届かなくて、天井の暗がりでジジジ……ジジ……と電気の音が小さく聞こえる。柏村は自分もほうじ茶を啜《すす》りながら、やがて静かに言った。

「被害者が少年であったという共通点には、思うところがありますな。その少年は白木の箱に詰められて、祭礼の面をかぶせられていたわけですから」

その先を聞きたいと言う代わりに、平野は顔を上げて柏村を見た。

「水槽事件の犯人がこう話しています。少年というのはある意味で特別な存在なのだと。男色に限らず少年そのものを神聖と見る節、もしくは考え方は昔からあったようですから、件《くだん》の事件の犯人にとっては、少年と関わること自体が、自らの精神性を高めるという意味で免罪符になっていたのかもしれません」

「どういうことです？」

恵平が訊きたかったことを平野が訊くと、柏村は両手に湯飲み茶碗《ぢゃわん》を包んで天井を見上げた。

「犯人は、悪戯《いたずら》を拒否されたため衝動的に少年を殺していますがね、その後、遺体をバラバラにしたのも、その実は処理に困ってしたというのが本当のところでしょう。実際、胴体などは家の裏庭に埋めていました。しかし、少年本人には深い執着があったため、四肢や頭などは土中に埋めてしまうのが惜しくなり、それで保存していたのです。そうすることで、犯人は永遠に被害者を手に入れた気分になったのでしょう。白木の箱ではかたやそちらの事件では、少年の遺体がそのまま箱に詰められていた。白木の箱では気密性がよくないですから、長く保存しておくことはできません」

「確かにそうだな」

平野が頷《うなず》く。

「でも、藤原君も後頭部を一撃されていましたよ」

恵平が脇から言うと、柏村は彼女に顔を向け、

「後頭部を一撃したからといって、衝動的、もしくは激高した為とは言い切れない」

嚙《か》んで含めるようにそう答えた。

「計画的だったのかもしれない。なぜならば、箱を用意していたのだから」

ううむ。と、平野が首を傾げる。

「そこもひとつの謎なんですよね。その箱ですが……」

「少年のために作った箱ではないですかなあ」

それはどういう意味だろう。少年のために箱を作る？

「柏村さんは、犯人が少年を知っていたと思うんですか？」

初めて遺体を見たとき、恵平は、犯人が少年に対して何の感情も持っていないのではないかと感じた。その理由は堅い木箱に裸の少年を詰め込んでいたからだ。

「本官はそう思う、犯人と被害者は顔見知りだとね。だからといって親しかったと言っているわけではないよ。こちらの事件は犯人と被害者の接点が銭湯だった。犯人は銭湯で少年を見かけ、背中を流してやったりと、接触していたことがわかっている。そちらの事件も、犯人はあらかじめ少年に目をつけていたのじゃないだろうか」

「まあ……それはあり得るな」

平野は柏村の目を見て言った。

「被害者は日本舞踊をやっていました。舞踊会や発表会ではブロマイドも売っていたという。事実、ファンも多かったようですし、そういう意味では目立っていたとも言える。だからターゲットになったことも、十分に考えられますね」

「藤原賢人君を知っていたから、ぴったりな箱を用意できたということですか」

「箱は用意されたものだったのかね？」

平野は捜査手帳を出した。

「汎用《はんよう》性のある箱でないことは確かです。素材は桐で」

「なるほど。桐は軽くて湿気に強いからな」

「そうなんですか？」

と、恵平が訊く。きみは何も知らないんだなあと、あきれたように柏村は言った。

「もともと桐がタンスなどに使われるようになったのは、軽くて防湿効果や抗菌作用に優れているからだよ。木箱とはいえ、素材が桐なら腐敗汁などが漏れることも防げるという判断かもしれない」

「や。待てよ」

平野は唸《うな》った。

「つか、犯人は桐の特性を知っていたってことになりませんか？　だとすれば、ある程度の年齢か、もしくは木材の特性に詳しい人物だってことになる。なんたって、俺も桐簞笥なんて知りませんでしたから」

「そうなのかね？」

柏村は眉《まゆ》をひそめた。近頃の若者は、と、その後に続くかと思ったがそうではなく、

「歳を取ったということかねぇ」と、頭《かぶり》を振った。

「木箱を捜査している者に伝えておきますよ。桐の特性ってやつを」

平野はそう言ってメモをした。

「木箱ですが、見つかった時には蓋《ふた》をされていたんです。釘《くぎ》で打ち付けて。それなのに死体はお面をつけて、しかも俯《うつむ》いていた。それって変じゃないですか？　蓋をされて中が見えないのにお面をしていたんですから。あのお面は何のためにつけられていたんでしょうか」

「必ず理由があるはずだがね。疑問は一つ一つ解いていくしかないんだ」

「まず、箱がロッカーに置かれた理由だよな。しかも、運び込む姿を見た者がいない。あんなに人が多い東京駅なのに、だよ？」

平野が言うと、柏村は微笑むかのように目を細めた。歳は取っているが整った顔つ

きで目が大きいので、その表情は妙に迫力がある。

「物事というものは、一方向からのみ見てはいかんよ」

「どういうことですか？」

恵平が訊《き》く。

「運び込む姿を見た者がいないのは、運び込んでいなかったからかもしれない。また、人が多い場所だからこそ、運び込まなければならなかったのかもしれない」

「は？　サッパリわけがわからねえ」

奥にいた柏村は、立ってお茶のおかわりを持って来た。それを平野の茶碗《ちゃわん》に注ぎながら言う。

「捜査に行き詰まったときは、盲点がないか考えることだ。箱を運ぶ道順はひとつきりかね？　人の多い場所だからこそ、不測の事態は起きなかったかね？」

茶碗に注がれるほうじ茶に目をこらしていた平野は、小さく「そうか」と呟《つぶや》いた。

「あとはお面だ」

「祭礼に使われていたお面じゃないかと思うんです。異形とよばれるお面みたいで、よく似たものが鎌倉の神社にありました」

「祭礼の面を手に入れることは、一般人には難しかろうね」

「そうか」

と、平野はまた言った。

「犯人は木材の特質に詳しくて、祭礼の面を入手でき、少年を見かけたことがあり、東京駅の構造を知る人物だってか？」

「少年の神聖に魅せられたか、もしくはそれを知る人物かもしれんねえ」

「あっ」

と、今度は恵平が呟いた。

「だから香油だったのかしら？　神聖だから死体に香油を塗っていた？　イエス・キリストにしたように」

「日本も西洋も、ごちゃごちゃじゃねえか」

「独自の価値観が存在すると思った方がいい。こういうタイプの犯人にはね。近しい面を被害者にかぶせていたとするならば、近しい祭礼を知っているはずだ」

「お祭りにも参加しているというんですか？」

「そこまでは言っていないよ。ただ、祭礼を知ってはいるだろう」

「そうか！　行くぞ、恵平」

平野は突然立ち上がり、交番を出ようとして、柏村が注いでくれたほうじ茶を飲み干した。恵平もまたお茶を飲み、二人そろって頭を下げて、交番を飛び出した。
恵平の胸には、お礼にもらった金色のお守りが下がっていた。

地下道を行く平野の足はさらに速くて、もはや走るかのようだった。足の痛みを我慢して、恵平は先輩を追いかけた。終電も過ぎた地下道には夜の住人たちが戻ってきて、曲がり角や壁のくぼみに陣地を作り眠っている。そういえばメリーさんの風邪は治っただろうかなどと、恵平は考えながら走り続けた。この季節はまだいいけれど、地下道とはいえ冬になれば寒かろう。恵平はまだ何者でもない。だから、メリーさんに何をしてあげられるわけもない。警察官になるという当面の目標が、おぼろげに見えるだけのことだった。

地上に出て平野が向かった先はおもて交番で、駆け込むなり当番勤務の洞田巡査長をつかまえて言った。

「モモンガロッカー周辺の平面図を見せてください」

おもて交番は鉄警隊の任務も兼ねているために、構内の事情には詳しいのだ。

平野の手伝いからようやく交番へ戻った恵平にご苦労と言う間もなく、洞田は資料を取り出した。食事を取る奥の部屋に地図を広げるや、平野はその上に覆い被《かぶ》さるようにして、人差し指で構内をなぞった。見ているのは一般に開放されているスペースではなく、スタッフが使うバックヤードだ。

「やっぱりだ。ここを見ろ」

事件当日、床の張り替え工事が進んでいたモモンガロッカーの奥にはトイレがあって、トイレの脇に扉がある。扉の奥は通路になっていて、なんと、スロープが駅の一階に続いていた。

「目隠しのためのシートが下がっていたのがここ」

平野はロッカーの前に指を置く。

「防犯カメラがあるのはここだ」

「スタッフ用の通路を通って白木の箱を運んで来たって言いたいんですか？」

「そうだ」

平野は顔を上げて洞田に訊いた。

「洞田さん。この通路って、普段はどうなっているんです？」

洞田も寄って来て平面図を覗《のぞ》く。

「地下街へ荷物を搬入するために使われている通路だな。地下駐車場とスタッフ専用のエレベーターでつながっている。反対側は駅の外に通じていたんじゃないのかな？

でも、通路にも防犯カメラはあったはずだし、映像だって調べたんじゃないの？」

「そりゃ調べましたよ。結果、怪しい人物は映り込んでいなかったけど、でも」

平野は恵平の顔を見た。

「怪しい人物じゃなかったとしたら、どうなのかなって」

「どういうことですか？」

おまえ、さっきからそればっかりだなと言いながら、平野は捜査手帳を出した。

「通常通りに搬入をしている人物だったらどうなんだって言ってるんだよ。不審物を運び込む奴が見つからないのは、外からロッカーへアクセスしたわけじゃなく、出入り業者が通常通りの手順を踏んで、木箱をあそこへ持って来たからかもしれない」

「どうやって」

「搬入搬出はなるべく一般利用者に見苦しくないよう行われている。人気のない早朝に運び入れるか、業者によってはシートで荷物を覆って運ぶ。シートをかければ、木箱だろうが商品だろうが見分けはつかない。裏口から入ってロッカーに木箱をおろし、通常の搬入を終えて、また裏口から出て行けば」

「なるほど。犯人は映っていなかったわけじゃなく、映っていたのに、そうは見えなかったということか」

洞田も会話に入って来る。

「じゃ、バックヤードの防犯カメラを確認して、そういう業者を当たればいいってことですか？　シートで荷台を隠した業者を」

「そういうことだ。真夜中にこっそり運んだわけじゃなく、真っ昼間に堂々と死体を運び込んだ可能性がある。柏村ってオッサン、ただ者じゃねえのかも」

「でも、どうしてそんなことをしたんでしょうね」

「んなこと俺にわかるかよ」

怒ったふうに平野は言った。

「ていうか洞田さん。ここから通じているのはどこですか。その地下駐車場の搬入口ってのは」

平面図をめくりながら訊《たず》ねると、洞田がその場所を教えてくれた。

当然ながら駅は既にシャッターが閉まり、スタッフ用通路も使えない。それでも平野は恵平に「行くぞ」と言う。二人は再び外へ出た。

真夜中の風が、駅前広場の樹木を揺らして空へゆく。深い藍色《あいいろ》の夜空に雲が流れて、星が小さく瞬いている。恵平は夜の匂いが好きだが、東京のそれには電飾の匂いが含まれている。電気を嗅《か》ぎ分けられるわけではないが、夜気にイルミネーションが香るように思えてしまう。それは人工物の匂いだろうか、それとも密集しすぎた人生の匂いだろうか。二人は駅舎の周囲をぐるりと回って、八重洲口の地下駐車場まで行ってみたが、だからといって何がわかるわけでもなかった。人気の絶えた通路の脇では、メリーさんとは別のY14番さんが眠っている。その様子を眺めながら、

「ああ……くそ……また監視映像の再チェックかよ」

と、平野がため息をつく。実際に搬入口近くまで来てみると、死体入りの木箱を運び込むには、あまりに長いルートに思える。ここからロッカーまで移動するリスクは相当なものだろう。

「私にはどうしてもわかりません。危険を冒してまで犯人が遺体をロッカーに置いた理由が、です」

「そうだよなー」

と平野も答える。例えば途中で箱を落とせば、死体はその場で人目にさらされてしまうのだ。そうまでしてロッカーに箱を置いた理由は何だろう。

地下駐車場を吹き抜ける生ぬるい風を浴びながら、恵平と平野はまた、被害者とその友だちのことを考えていた。

翌朝早く、恵平は柏村から渡されたお守りを制服の内側に忍ばせて出勤した。署内の掃除をしていると、廊下の奥にある資料室から平野が出てきて恵平を呼んだ。藤原少年の捜査本部は講堂に置かれていて、帰宅の足をなくした捜査員らが泊まったりしているらしい。平野も昨夜は家に帰りそびれたようで、間延びした寝ぼけ顔に、薄《うっす》らと無精ひげが生えていた。

「ケッペーちょっと。おまえに頼みがあるんだよ」

平野は人差し指をクイクイ動かして恵平を呼ぶ。緩めたネクタイと着崩れたスーツが、いかにもだらしない印象だ。

「はい。何でしょう」

呼ぶだけ呼んで廊下を戻っていく平野を追いかけて行くと、彼は資料室の前で足を止めて、恵平を振り向いた。

「ゆうべ、あれから防犯カメラの映像をチェックし直してみたんだよ。ところがさ、通常の搬入口を通った業者には、怪しい人物がいないんだって」

「え……そうなんですか？　カバーを掛けた荷物は搬入されていなかった？」

平野は深く頷《うなず》いた。

「さらに、開業時間中に納品した業者は少なくて、全員荷物が剝《む》き出しだった。ま、考えてみればカバーを掛けると、それだけで作業効率が悪いもんな。どこの店舗もギリギリのスペースで営業してるし、マニュアルなんてのがあってもさ、実際は見た目よりも効率優先だってことがわかっ……ふわぁ」

言葉を切ってあくびをする。平野は両目に涙をにじませながら、

「そこでだ。おまえ、どうせ暇だろ？」

と、恵平に訊《き》いた。

「暇じゃありませんよ。ご飯を炊いたり、買い出しに行ったり、今日は立番して道案内だって……」

「いいからいいから」

平野は生あくびをかみ殺し、恵平の肩をポンポン叩《たた》く。

「モモンガロッカー、もう使われているじゃんか？　だからさ、今日交番へ出勤したら、時間作って、例の入口からバックヤードに入ってみてくれねえかな？　もしかして別ルートがあるかもしれないし、反対側は駅の外に通じていると洞田さんが言ってたじゃんか？　俺は面を追わなきゃならないし、バックヤードから遺体を運び入れたって捜査会議で話すには、まだ曖昧《あいまい》すぎる推理だしな。ルートがありそうだったら連絡くれよ」

そう言うと、平野は『腎臓』と印刷された名刺を恵平にくれた。

「俺の携帯番号が書いてあるから。じゃあな」

平野はまた資料室へ入って行き、片手に雑巾《ぞうきん》、片手に平野の名刺を握って、恵平だけが廊下に独り残された。


おもて交番へ出勤し、夜勤の署員と交代した後に、本日の上司である伊倉巡査部長に平野から命じられたことを伝えると、伊倉はちょうどいい機会だからと言って、恵平を鉄道警察隊の分駐所に連れて行ってくれた。鉄道警察隊は同じ署の仲間が勤務についていて、鉄道施設内での痴漢やスリ、置き引きや暴力犯罪等の予防、捜査、救助活動などに従事している。

「うちの堀北が、平野刑事を手伝っていてね」

鉄道警察隊の分駐所に入ると、伊倉は警察隊長の正面に恵平を立たせた。

おもて交番に配属された日にも挨拶《あいさつ》に来たのだが、そのときは、『新人さんだね、頑張ってね』という態度でスルーされた記憶がある。今日は伊倉がもう少し突っ込んだ説明をしてくれたので、隊長はデスクに座ったまま、耳だけをこちらに傾けている。

「ロッカーに死体が置かれていた事件について捜査中なんだが、犯人が死体を運んだルートが、バックヤードにあるのじゃないかと言うんだよ」

「ほうーぅ……なるほどー……？」

警察隊長の奥村《おくむら》は五十がらみのさえない男だ。険のない顔に黒縁メガネ、飄々《ひょうひょう》とした風貌《ふうぼう》は警察官というより学校の先生のようで、黒っぽいシャツに黒っぽいネクタイ。上着代わりに着ているのはヨレヨレになったレインコートで、今もパソコン画面を眺めながら伊倉に気のない返事をして、恵平のほうを見ようともしない。

「東京駅には、一般に知られていない通路や遺構がけっこうあるからねー」

大まかな部分は恵平も知っている。ここへ配属されたときに駅員が案内してくれたからだ。それらのうちのいくつかは、要人や病人の移動など特別な目的で現在も使用されているのだが、全く使われていない遺構などがどれだけあるかはわからない。

「駅の防犯カメラを調べても、犯人の移動ルートがわからないって言うんです。だから、ロッカー近くにスタッフ用のルートがあるんじゃないかって……」

伊倉の脇からそう言うと、奥村はまた「ほうー……？」と言った。

「バックヤードは網の目だ。それに、古い路線とか待合とか、そういう遺構もけっこうあるね。ただ、そっちを使って侵入したとは考えにくい。そっちについては、そもそも荷物を運べるような、フラットな通路じゃないからね」

「どうだろう。ロッカー奥のトイレ脇の出入口から堀北を入れて、中を通らせてやってもらえないかね」

伊倉が頼むと、「かまわんよ」と奥村は答えた。無表情のままデスクをかき回し、ネックホルダーに下がった通行証を引っ張り出して、伊倉に渡す。

「用が済んだら返してくれよ？　備品をなくすとうるさいんだよ」

「ありがとうございます。お預かりします」

恵平が頭を下げたときだけ、奥村はチラリと目を上げた。

「今もまだ、駅舎を拝んでいるのかい？」

不本意ながら恵平は、ほっぺたが赤くなるのがわかった。

噂の出所はここだったのだ。

「拝んでいるわけじゃありません。一日無事に終わるようにと、駅舎に挨拶しているだけです。なんとなくですけど、あれをやると気持ちが引き締まるような感じがするので」

奥村はまたモニターに目を落とし、

「いいんじゃないの……？」

と曖昧に答え、そのまま作業に没頭し始めた。伊倉とともに部屋を出て、伊倉に礼を言い、通行証を首に掛けると、恵平は独りでモモンガロッカーの方へ向かった。

何日かぶりで衝撃の現場へ戻ろうとしたら、もう道を間違えて別の場所へ出てしまう。無人の構内で見ていた景色と、大勢の人々の流れの中で咄嗟《とっさ》に判断する景色とがあまりに違うからだった。これは頭の中で方向と地図が描けていないせいだと恵平は思い、案内板の前に立ち止まって地図を見た。

警察官の制服を着た恵平が地図を確認しているのが面白いらしく、スマホを向ける者がいる。これだけ人がいる中で死体を運ぶのは尋常な神経ではないと恵平は思い、やはりバックヤードを通ったに違いないと、確信にも似た閃《ひらめ》きを得た。

突き当たりを右、そこから左……頭の中で地図をなぞりながら冷静に歩いて行くと、ようやくモモンガロッカーに到着できた。バックヤードの入口はトイレの脇にある。床の張り替え工事は無事済んで、すでに開放されたロッカーの前には、トイレからの長い行列がはみ出していた。いつも思うのだが、利用者の割にトイレの数が少ないので、女子トイレの前にはたいていい行列ができている。

バックヤードの扉は目立たない色に塗られていて、一見すると掃除用具置き場のようだ。行列の脇からドアの前に出て、ハンドル式のノブを回すと、ドアの隙間に滑り込むようにして内部へ入った。

そこには何の変哲もない廊下が続いていた。地味な内装は、単純に駅員や整備スタッフのための通路だからだ。通路の脇には機械室や備品庫などがあり、それらの前にだけ防犯カメラがついている。

「箱を運ぶだけの広さはある。と」

恵平は通路の幅を見て言った。内部は明るく、リノリウムの床は平坦《へいたん》だ。地下搬入口とは別方向へ進んでみると、さして複雑な構造でもない。通路は一本道で、荷物運搬用の台車などが脇にある。これを使えば木箱をロッカーまで運ぶことは可能だろう。行き止まりまで歩いてドアを開けると、なんとそこは丸の内北口のすぐ脇だった。

「うそ……こんなに近いんだ」

薄暗い通路を出たら一変して駅前広場で、ワープしたような錯覚に陥る。いったんドアの外へ出て、今日もペイさんが靴を磨いているのを見てから、もう一度通路へ戻ろうとすると、ドアはロックされていて開かなかった。緊急時用に内部からは外へ出られるが、外部からは侵入できないようになっているのだ。

「わあ、やっちゃった」

戻ろうとするなら再び駅の正面に回り、鉄道警察隊の分駐所へ下りて行くしかない。

ぐるぐるぐるぐる、何度構内を彷徨《さまよ》えばいいというのか。

「もう……方向音痴が恨めしいわ」

自分の靴も遠からず『働き者の靴』になると思ったら、事件の翌日にペイさんが、『可哀想な靴』を見かけたと言っていたことを思い出した。斜めに傷が入ったスニーカーだったと。

「可哀想な靴……傷が入ったスニーカー……」

その場に立って周囲を見渡す。

近くにタクシー乗り場があって、待機所からロータリーを出る車がタクシーの脇を通っていく。道は一方通行で、滅多なことでは混乱が起きない。

あの日。真夜中に少年の遺体が見つかった日。ペイさんはいつも通りここにいて、可哀想な靴を見た。そこで、構内に危険な場所がないか確認してもらったが、靴に傷がつくような場所は見つからなかった。

「あれ……？」

恵平は眉《まゆ》をひそめ、首を傾げて口を覆った。何か……何かが気になっていた。

たった今出てきたルートを通れば、ロッカーまでは容易に行ける。二カ所に防犯カメラがあるが、それは地下駐車場から上がってくる通路に設置されている。そちらの映像は提供してもらっているのだし、確認もして、異常はなかった。

「でも、こっちのほうがモモンガに近いわ」

振り返ってドアを見る。建物の陰に隠れた灰色のドアは、好んで開けようとは思わない地味な外観だ。公衆トイレの用具入れとか、水栓《すいせん》のメンテナンス用扉といった雰囲気があるし、まして外からは開けられない。

「でも、通路に台車があったのよ……あれ？　もしかして」

慌てて平野の名刺を探した。考えがまとまったわけではなかったが、すぐに知らせなければならない気がした。

平野腎臓。変わった名前の先輩に電話を掛けると、とても寝ぼけた声がした。

「あー……平野です」

「私です。恵平、堀北恵平です」

「おう。何かわかったかよ」

そう訊《き》くと、平野は「ふはぁ」とあくびをした。

「モモンガロッカー近くの通路ですが、地下搬入口とは別方向へ進んだら、丸の内北口からちょっと入った場所に出ました。内側からは開くけど、外からは開かない仕組みです」

「あー……やっぱそうか。てかさ、その通路って、防犯カメラが二カ所だけだろ？エレベーターの前と、機械室の前と」

「そうみたいです。私も二カ所は確認しました」

「しかも魚眼じゃないんだよな。エレベーターと機械室に向いてるだけで」

「そうなんですか？　じゃ、通路は映っていないんですね」

「そういうこと。でも、外部からは侵入できないんだから」

「でも、私、閃いちゃったんです」

　恵平は灰色のドアを見た。そうだ。そうなんだ。閃いちゃったと言いながら、考えが浮かんだのはたった今だ。平野と話しているうちに、何が閃いたか確認できたのだ。

「ここからだと、モモンガロッカーはかなり近いです。人目に触れることもほとんどないし、それに、通路に荷物運び用の台車が置いてありました」

「台車くらい置いてあるだろ、駅なんだから」

「台車があるということは、ここから荷物を搬入する場合もあるということですよね？　それで考えたんですけど、事件発覚の前後には、モモンガロッカーの前で床の張り替え工事が行われていましたよね。床材って結構な重さですよね？　あれ、どこから搬入したんでしょうか」

眠くて面倒くさそうだった平野の声が一気に変わった。

「そこから搬入していたってことか？　あり得るな」

「搬入中はドアのロックを解除して、開けっぱなしだったとか、ないですか」

「あるかもしれん」

すぐに調べると平野は言って、電話を切った。ことの真偽はさておいて、恵平はガッツポーズを決めた。しばらくその場でペイさんを眺め、お客が切れたタイミングを見計らって、近くへ行った。

「ペイさん、おはよう」

イスに座って俯《うつむ》いているペイさんに頭の上から声をかけると、ペイさんは顔を上げもせずに「ケッペーちゃん、おはようさん」と答えた。

「靴、磨いて行くかい？　潮風に当たって来たんだろ？」

「なんでわかるの？」

ペイさんは、お客が座るイスをペタペタ叩《たた》いた。

「だって靴が塩まみれの砂だらけじゃないか」

制服のままイスに掛け、恵平は靴置き台に足を載せた。ペイさんはすかさず布で砂を落として、またシャカシャカシャカシャカと拭《ふ》き始めた。靴が喜んでいるような気がする。

「どうだい？　捜査は進んでいるかい？」

帽子のてっぺんだけを恵平に見せて、ペイさんが訊く。

「あんた、メリーさんに優しくしてくれたんだってね」

そして恵平が答える前に話題を変えた。

「ペイさんは、どうして何でも知ってるの？」

「靴を磨いたときに話してくれたからだよね」

「え。メリーさんが？」

「そうだよぅ。他に誰が話すんだい」

そもそもメリーさんがお金を払って靴を磨いてもらうなんて、恵平には想像すらできなかったのだ。けれども、そんな失礼を言葉にはできない。

「メリーさんって、お喋《しゃべ》りできるの？」

ペイさんは初めて顔を上げ、それから歯の抜けた口で「ふぇ、ふぇ」と笑った。

「面白いことを言うねケッペーちゃん。家を持たない婆さんは、会話も満足にできないと思うのかい？」

ペイさんは恵平を責めたわけではなかったが、失礼な心を見透かされてしまったようで、恵平は激しく自分を恥じた。

「いえ、そんなことありません。ただ、私にはあまりお話をしてくれないから」

自分を呼んで欲しいと平野に頼んだときだって、メリーさんは何も話してくれなかったのだ。

「そうだねえ……でもさぁ、話したくないから話さない。ただそれだけのことじゃないのかい？ 誰にだってさ、プライドがあるんだよ。ましてあの婆さんは……」

やめておこう、とペイさんは言って、靴にピッピッと水を振りかけた。

「そうですよね。警察官だから何でも訊いていいんだとか、話してくれて当然だとか、そういうことはないんですよね。人間同士なんだから、制服に頼ることなく、個人を信頼してもらわなくっちゃいけないですね。反省します」

シャカシャカ、シャカシャカ。

靴を磨くペイさんの早業を見ながら、恵平は訊いてみた。

「ペイさん。タクシー乗り場の奥の方に秘密の入口があるの、知ってる？」

「避難口かい？ 知ってるよ」

「あそこから荷物を搬入することってあるかしら」

「滅多にないけど、たまにはあるよ。工事の人なんかは使うみたいだね。重くて大きい荷物とか、脚立とかさ、ロータリーに車を駐《と》めて、あすこから搬入しているね」

恵平は思わず身を乗り出した。

「あの日も搬入していなかった？　ほら、ペイさんが可哀想な靴を見たっていう日」

「はて……どうだったかな。おいちゃんも歳だから、頭がねえ」

「男の子の死体が見つかった日よ。中で床の張り替え工事をしていたの」

「ああ」

ペイさんは、一瞬だけ手を止めた。

「紙巻きの絨毯《じゅうたん》みたいのを運んでた日かな？　車とタクシーがぶつかって、大騒ぎになった日」

「車とタクシー？」

「隙間に人が挟まれちゃったと思ってさ、ちょっとした騒ぎになったんだよ。結局挟まれていなかったんだけどね。おもて交番のお巡りさんも交通整理に来てたじゃないか。工事の人が荷物を下ろすのに、そこに車を駐めていたろう？　それをよけて通りに出ようとしたタクシーが車にぶつかりそうになって、ハンドルを切ったら、隙間にも人がいて、それでまた、別の車もぶつかったんだよ。コツンとだけどね」

そういえば……恵平は思い出した。案内パンフレットのモモンガロッカーに×印をつけていた朝、同僚が事故処理に呼ばれて飛び出して行ったことを。

「そんなに大きな事故じゃなかったわよね？　ケガ人もいなかったはずだけど」

「そうだったねえ。大騒ぎしたけど、車がごしゃごしゃになってお互いに動けなくなっちゃっただけで、結局ケガ人はいなかったんだよね。おいちゃんは道路に背中を向けているからさ、事故はあんまり見えないから、お客さんの話を聞いただけだったよね。あれはタクシーが悪いって。どの車も急ブレーキをかけたから、中に割れ物を積んでいた車もあって、荷台を開けて確認して、それでまた渋滞して」

「割れ物？」

「瓦屋《かわらや》さんがワゴン車の荷台を開けっぱなしで、それで誰かが怒っていたっけ。みんな急いでいたからイライラしてね……でも、しょうがないもんねえ。事故なんだから」

いい閃《ひらめ》きだと思ったのに、業者の搬入中に事故があったとするならば、あの出入口から死体を運べたわけがない。事故処理で警察官がいたわけだから。

「そうか。その日だったのね」

恵平はがっかりしてしまった。

「昔ねえ、おいちゃんがまだ新米だった頃、贔屓《ひいき》にしてくれたオジサンがいてさ。ヨレヨレになった革靴をね、そりゃあ大事に履いていたんだよ。大して話もしないんだけど、きれいに磨くと、次の時にはまたヨレヨレになっていてね。おいちゃんは、あの靴を磨くたび、頑張ろうって思ったんだよ。だって、わずかな間にあんなにヨレヨレになるほど歩くんだから」

ペイさんは仕上げ磨きをしてから「はいよ」と言った。

「いつもおつりをおいちゃんにくれてね、頑張れよって、そう言うんだよ。その人、刑事さんだったんだ。いつの間にか来なくなって、どうしたのかなと思っていたら、大分あとになってから同僚の人が来てくれて、殉職しちゃったと知ったんだけどね。最後までおいちゃんが磨いた靴を履いていたってさ。だからけっこう多いんだよ。警察官のご贔屓さんは」

ペイさんが差し出す手のひらに千円札を載せて、でも恵平はおつりをきっちり受け取った。人生の大先輩であるペイさんに、「つりはいらねえ、とっておけ」なんて言えるはずない。

「ケッペーちゃんの靴はまだまだ。頑張りなさいよ？」

なんとなく、ペイさんに慰めてもらったような気がした。またもやピカピカになった靴で鉄道警察隊の奥村に通行証を返しに行って、そして恵平が交番へ戻ると、そこに平野が待っていた。

「確認できたぞ」

恵平の顔を見るなり平野は言った。

「床の張り替え工事に使う材料は、やっぱ、丸の内北口側の避難通路から搬入したんだってよ。ロックを解除していたのは約四十五分。その間は外からも扉が開いた」

「私もペイさんに確認したんですけど。避難口は開けっぱなしだったらしいです。でも、その日その時間にロータリーでちょっとした事故があって、だから死体を運び込むのはムリだったと思うんです。交番の先輩が呼ばれて行っていたんだし」

「事故ぅ？」

と平野が唸《うな》ると、立番をしていた先輩警察官がそばへ来て行った。

「その現場を見たの、たぶん自分すね。あれですよね？　事件があった日の十一時頃でしたか、タクシーが車にコツンと当てて、でも、それでロータリーが大渋滞になったっていう」

「そうそう。それです」

一緒に交番勤務をしている彼は山川《やまかわ》と言って、童顔で小太りの警察官だ。いかにも人が良さそうに見えるだけでなく、ぷくぷくとしてかわいい外見なので、彼が立番していると道を訊《たず》ねに来る人が増える。このときも、数人の道案内を終えてから平野の脇へ戻って来た。

「十一時頃だって？」

平野は捜査手帳を確認し、

「ちょうど避難口のロックが外れていた頃じゃねえかよ」

と、下唇を突き出した。

「避難口の前で事故があったのかよ？」

「避難口って？」

山川が訊《き》く。

「丸の内北口のタクシー乗り場のちょっと奥に、灰色のドアがあるんです。配送業者用のドアじゃなく、緊急時避難用のドアらしいんですけど」

「ドアは知らないけど、事故があったのもタクシー乗り場のすぐ脇だったよ。業者が車を駐めていてさ、それをよけようとしたタクシーが、ロータリーを出てきた車に当てちゃったんだよね。バンパーをこすったぐらいで大したことはなかったんだけど、次々に車が止まっちゃって、ちょっとした渋滞になったんだ。結局示談になったんだけど、タクシーのほうは会社に連絡する義務があるからっていうことで、ぼくが交通整理をね」

「その事故って記録はどうなっていますか」

平野が訊くと、山川が答えた。

「示談だし、報告書を挙げただけだよ。物損でも人身事故でもなかったし、こすった程度だったしね」

「でも、山川先輩は現場にいたんですよね？」

「タクシー運転手が交番へ呼びに来たからね。会社からは、何かあった場合は一応警察に連絡するよう言われているんだって」

「双方の確認も取れていないってことですか」

平野がまた訊く。山川は、ヘラリと笑った。

「いや、タクシーは『日《ひ》の本《もと》タクシー』ですよ。相手は普通乗用車」

「瓦屋さんの車もいて、誰かが怒っていたとペイさんが」

「そうそう。荷台に粘土と鬼瓦を積んだ車がさ、ハッチを大きく開けたりしてさ、それも渋滞の一因だったんだよね。荷物が割れていないか確認したんだと思うけど」

「鬼瓦すか」

平野はまた眠そうな顔になって、ペンの尻《しり》で自分の頭を掻《か》き始めている。けれど山川は、急に瞳《ひとみ》を輝かせてこう言った。

「すぐにハッチを閉めて移動するよう言ったんだよね。でもさ、そのとき初めて見たんだけれど、あれはすごかった。ちょっと欲しくなったというか」

「鬼瓦をですか？」

そんなものをどうする気ですかと恵平が訊くと、山川はムキになったようだった。

「だから、普通の鬼瓦じゃなかったんだって。こう……芸術的というか、すごいというか」

「語彙力《ごいりょく》が乏しくて伝わらねえー」

平野が笑う。

「ていうか、そもそも色が違うんだ。金色とでもいうのかな。瓦というより、瓦の肌を持った神話の鬼……みたいなさ」

「ますますわからん」

平野はすっかり興味を失っている。

「ウッドパッキンを敷き詰めた木箱に載せていたんだけどね、大きさもさ、屋根にくっついていないとあんなに大きいものなんだねえ。もしもあれが割れたりしてたら、損害賠償問題になっていたかも。あれ、幾らぐらいするのかなあ」

「そんなにすごい鬼瓦って……どこの瓦屋さんだったんですか？」

恵平が訊くと、「さあ、そこまでは」と、山川は答えた。

「一瞬見ただけだけど、鬼気迫る迫力だったよ。あんな瓦が屋根にあったら、十二分に魔除《まよ》けになるね」

ちょっと見てみたかったかもしれないなどと、恵平は関係のないことを考えた。

「それで？　どのくらいの間交通整理をしていたんすか」

ドアのロックが外されていた四十五分に時間の隙間を探そうとして平野が訊く。

「三十分か、四十分程度だったと思うけどね」

やはり、その間は近くに警察官がいたということになる。

「業者の車はどうしてました」

「荷物をおろして、車はすぐに移動させたよ。もともと荷物を下ろす間だけの停車だったし、運転手は車にいたしね。あれはタクシーの不注意だよ」

ううむ、と平野はため息をついて、

「いい線だと思ったんだけどなあ、あの場所から死体を運んだ目はナシか」

と肩を落とした。山川は続ける。

「あそこから重量物を運び込む場合は停車時間の制限を設けた方がいいかもしれないね。人が大勢通る場所だし、あのときも路上に工具が置かれていてさ、誰かが足を引っかけた跡があったよ。斜めにぶっ飛んでいたからね」

ん？　と、頭の片隅が反応する感覚があって、恵平は口をポカンと開けた。

「なんだよ、その顔」

平野が横目で恵平を見る。

「っていうか、あれ……？　なんか……ええと……」

眉間《みけん》に深く縦皺《たてじわ》を刻んで、恵平は考えた。何かと何かがくっつきそうで、でもスッキリしなくてモヤモヤとする。すると山川がまた言った。

「業者は物の扱いが乱暴なんだよ。ぼくだったら角がめくれた工具箱なんか、そのまま使ったりしない。注意したら金槌《かなづち》出して、ガンガン叩《たた》いて直したんだよ。それができるなら最初からやっておけって話だよねえ」

愚鈍な思考回路がもどかしくって、恵平は自分の頭をペシン！　と叩いた。そして、

「あっ！」

と、大声を上げた。

「可哀想な靴！」

おまえ大丈夫かと平野が訊く。

「スニーカーの傷ですよ。工具箱を蹴《け》ったときに出来たのかも」

「はあ？」

興奮のあまり恵平は、平野に一歩詰め寄った。

「平野刑事、ペイさんです。藤原君の遺体が発見された日に、ペイさんは可哀想な靴を見たって言ったんです。斜めに傷が付いたスニーカー。それで、私は伊倉巡査部長にお願いをして、構内に危険な場所がないか調べてもらったんです。でも、工事現場の周辺にはバリが出たような場所はなかった」

「だから？」

怪訝《けげん》そうな顔で平野は言う。

「もしも、もしもですよ？　藤原君の遺体が入った箱が、たとえばですが、瓦屋さんの車に積まれていたとしたらどうですか？　タクシー運転手が山川先輩を呼びに行き、お巡りさんが来るけれど、ロータリーは大渋滞で、抜け出すこともできなかったら」

「そりゃ、焦るよな」

「そうですよ」

恵平は山川を見た。

「事故があって、北口からここへ山川先輩を呼びに来て、その間の時間はどれ位？」

「せいぜい数分ってところだろうね」

「数分じゃ、遺体をロッカーまで運べないだろう？」

「でも、タクシーの運転手は会社に電話したんですよね？　その時間も入れたらどうですか？　ペイさんは、事故があったときいつもの場所で靴を磨いていたそうです。背中を向けていたから現場の様子は見えなかったけど、そのときのお客さんが、瓦屋さんが瓦を確認しているのを見たと。ハッチが開けっぱなしで怒っている人がいたって」

「いや。鬼瓦は無事だったよ？　それは間違いない」

「だからですよ」

と、恵平は言う。

「ペイさんのお客さんが見たのは、瓦屋さんが荷物を下ろす様子だったんじゃないですか。車が詰まってロータリーから抜け出せないし、すぐに警察官がやって来る。もしかしたら聴取を取られて、荷台を確認されるかもしれない。だって交番のお巡りさんは一瞬見ただけで不審者がわかるんだから。そう考えたら、警察官が来る前に箱をおろして、隠さなければならなかった」

「それでロッカーか？」

眠そうだった平野の眼に光が戻る。そしてこう言った。

「山川さん。鬼瓦はウッドパッキンを詰めた木箱に入っていたと言いましたよね？」

「そうだよ。白木の箱にね」

言いながら山川は、記憶を辿《たど》るように宙を仰いだ。

「そういえば……ぼくが駆けつけたとき、荷台は開いていて、運転手は……前の方から戻って来たかな？　そうか……スペース的には」

山川は平野に視線を戻した。

「もうひとつ箱があってもおかしくなかったかもしれない。荷台のドアを閉める前に、箱が動かないように両側に毛布を詰め直していたからね。あと、そういえば匂いがしたな。瓦か、粘土か、ウッドパッキンの匂いだと思っていたけど、嗅《か》いだことのない匂いだった」

「ナルドの香油……ナルドの香油じゃありません？」

恵平に言われて平野はパッと顔を上げたが、山川は不思議そうな顔をした。

「なんだいそれは？」

「少年の遺体には、香油が塗られていたんですよ。ええと、なんだっけかな。スパイクなんちゃらって植物の油で、イエス・キリストが使ってたって言うナルドの香油と呼ばれるヤツが」

「イエス・キリストが使っていたというよりは、マグダラのマリアがイエスに使ったんじゃなかったですっけ」

「いーんだよ、そんなのはどっちでも」

平野は下唇を突き出した。山川は苦笑している。

「そもそも元の匂いを知らないからね、なんともいえないけど、嗅いだことのない匂いだったよ。高級な瓦はあんな匂いがするのかと思ったくらいだ」

「防犯カメラ。それこそ防犯カメラです！」

恵平が人差し指を振り回すと、胸ポケットに捜査手帳をねじ込むや、平野は無言で交番を飛び出して行った。

「……ありがとうとかも、ないんですかね？」

平野の背中を見送りながら恵平が言う。

山川は、次の立番を恵平に命じた。

勤務時間の終わりに仮眠室の空調機を掃除していると、平野から恵平に電話が入った。防犯カメラ映像を追うのを手伝って欲しいと言うのであった。

「おまえはゆうべ、少し寝たんだろ？」

と、平野が言う。

「寝ましたけど」

「んじゃ頼む。俺はもう自分の視力に自信が持てねえ」

わかりましたと答えると、平野は伊倉巡査部長に電話を代われと言う。本日の交番長、伊倉の許可を得ずして、『卵』を使役することはできないからだ。ところが伊倉は巡回に出ていたために、その場にいた中で一番年長の山川に話を通して、恵平は本署へ戻った。勤務時間はすでに終了していたので、私服に着替えて資料室へ行く。ノックしてドアを開けると、異様な熱気と空気がむぉっと臭った。徹夜続きの捜査員たちが、知らずに発する疲労と脂の匂いであった。

「堀北です。お手伝いに来ました」

挨拶《あいさつ》をして室内に入ると、そこは、パンや飲み物のゴミと記憶媒体に埋もれてノートパソコンが何台も稼動する異様な空間だった。デスクに上半身をもたせかけ、両腕で頭を抱えてモニターを覗《のぞ》き込んでいた平野が、恵平に気付いて手招きをする。室内には他に数名の捜査員がいたが、彼らが恵平に目を向けたのは一瞬だけで、誰ひとり喋《しゃべ》りもしなければ動きもしない。全員がじっと自分のモニターを見続けている。

恵平は床の段ボール箱をよけながら平野のデスクに近づいた。

「悪いな」

モニター画面を一時停止させて平野が言う。

「みなさん何をされているんですか？」

ひそひそ声で恵平が訊《き》くと、

「見りゃわかんだろ？　防犯カメラの映像チェックだよ」

目をこすりながら平野が答えた。

「あっちの二人は本庁のデカ。当日と前日の東京駅周辺カメラをチェックしてる。うちの署員がそっちでチェックしてんのが構内のカメラで、現在二巡目の確認中。が、やっぱりめぼしい成果はない。で、これが」

平野はデスクに置かれたDVD－ROMを指さした。手近な箱に詰め込まれたDVDは、各々に時間と場所が記されている。

「あれから急遽《きゆうきよ》集めた映像だ。仲間がまだ集めて来るから、ビデオはさらに増える予定。タクシーが車とぶつかる前から始めて、周辺のカメラ映像を集められるだけ集めたものだ。ちょっと見てみ」

モニターに別枠で映像を呼び出す。それは駅前広場の防犯カメラで、件《くだん》のバックヤード入口近くに車を駐《と》めて、業者らが荷物を下ろす様子が映されている。

「時刻は午前十時少し前。ここにペイさんも映ってる」

平野がペン先で指した場所にはペイさんの小さな体があった。その脇を足早に通り過ぎる人々の姿も、けっこう鮮明に映っている。

「同じ時刻をもっと俯瞰《ふかん》した映像もある。こっちは向かいのビルからロータリーを映したやつだ。ここを見とけよ？」

平野はロータリーの一時駐車帯にペン先を向けた。そこにはシルバーのワゴン車が駐まっている。

「これが瓦屋《かわらや》さんの車ですか？」

「そういうことだ。画像を拡大してみたけれど、社名その他は入っていない。この画角からだとナンバーも見えない」

「あ、出てきた。運転席から降りるみたいです」

運転席のドアが開き、男性とおぼしき人影が車を降りる。黒っぽい上着にカーキ色のズボン。どこといって特徴のない男性である。年齢まではわからない。

平野は映像を早送りした。

「助手席にも誰かいたんでしょうか？　助手席のドアを開けていますね」

「見りゃわかる」

恵平は体を屈《かが》めて平野のモニターを覗き込んだ。助手席側に回り込んだ運転手は後部座席から何かを出すと、それを広げて車椅子を作り、助手席の人物を車椅子に乗せた。俯瞰なので詳しく確認できないが、車椅子に乗った小さい人には、頭からブランケットを掛けている。何か喋っているのか、しきりに口が動いている。二人はそのまま車を離れて駅前広場をどこかへ進み、十分ほどしてから戻って来た。運転手はまた助手席のドアを開け、車椅子の人物を介助して、車に乗せたように見えた。

その後車椅子を手際よく畳むと、今度は後部座席に載せないで、引き上げ式のハッチを開けた。車椅子を積み込んで毛布を出すと、助手席側に回ってそれを掛けてあげているように見える。

「ここだ。見てろよ？」

平野はまた別の映像を呼び出した。今度は駅側から広場を映した映像だ。

「いいか」

と、平野は映像をスローモードに変えて、一点を拡大していった。

「荷台に車椅子を積むところですね？　こっち側からだと中まで見える……あっ」

な？　と同意を求めるように、平野は恵平にニヤリとした。

静止画像にはワゴン車の荷台が映されている。中にあるのは袋詰めの粘土と、平らで四角い木箱、それを固定するため隙間に詰めた毛布や布団だ。運転手は上半身を荷台に突っ込んで毛布を引き出し、毛布のあった場所に車椅子を押し込んだ。車椅子を積むスペースは十分あるはずなのに、面白い動きをするなと思ったが、荷台にスペースはほとんどなかった。もう一つ、白木の箱が積まれているからだった。

「箱。白木の箱が積んでありますっ」

鬼瓦を載せた平らな箱、隙間に詰めた布団と毛布、車椅子、さらにもう一つの木箱を映して、平野は映像を停止した。

「山川さんは鬼瓦が入った箱を見たと言っていたよな？　あと、箱が動かないよう毛布を詰め直していたと話した。でも、車椅子の話はしなかった。鬼瓦の箱以外に木箱があったとも言ってない」

胃袋の少し上から頭まで、興奮が電気のように貫いて、恵平は平野を見上げた。

「同乗者がいたという話もしませんでした。見たのが荷台だけだったからかもしれないけれど」

「助手席までは気が回らなかったとしてもだよ、でも、荷台に車椅子があれば、そう言うよなあ？　こっちも見てくれ」

平野は最初のテープを呼び出した。モモンガロッカーの前で床の張り替え工事をする業者が、道路脇に駐めた車から荷物を運び出している映像だ。

長物の床用シート、工具に備品、それらをいったん道路脇におろし、邪魔にならない場所へ移動する。すぐ後ろがタクシー乗り場で、一台がお客を拾ったが、まだ動かない。行き先を聞いてカーナビを操作しているようだ。もう少し前に出ればいいのだが、そこには業者の車があった。次の一台にもお客が乗って、先のタクシーを追い抜こうと切り返す。かなり無理な角度で車を回し、なぜか急発進した時に、そこへ来た乗用車と衝突した。前のタクシーに気を取られ、ロータリーを出て来た車に気づかなかったようである。それが引き金になってロータリーには車が詰まり、右へも左へも動けなくなった。クラクションが鳴り響き、やがて運転手らが車を降りる。あっという間の大混乱だ。業者らも手を止めてロータリーを眺めている。タクシー運転手はすぐさま車を降りて帽子を脱ぐと、当てた車のほうへ走っていった。

乗用車の運転手がウインドウを開けて、タクシー運転手と話をしている。その後ろにいる瓦屋のワゴン車は、発進しようと切り替えしているが、タクシー運転手が窓に手を掛け止めている。無理に動けば他の車に当たってしまう。それほどに、車間距離が切迫していた。ワゴン車の運転手は車を動かすことを諦《あきら》めて、また何事か話をしてから、のっそりと車を降りてきた。右も左も後ろも前も、車が詰まって動けない。呆《ぼう》然《ぜん》としたのも束の間、運転手はいきなり荷台へ回り込む。が、カメラの位置からは死角になって、荷台の様子はもう見えない。

「避難口から、かなり近くに駐めていますね」

「そうなんだ」

タクシー運転手は車に戻り、乗せたお客を降ろした。一緒に次のタクシーへ行き、何度も頭を下げてお客を乗せる。そのタクシーが発進するまで、お客を見送ることも忘れない。

「ここから時間を計ってみたんだ。その後、タクシー運転手はぶつけた乗用車の方へ行き、またタクシーに戻って会社へ連絡、指示を仰ぐまでの時間がなんと十八分。タクシーを出ておもて交番へ向かい、山川巡査と戻って来るまでさらに十五分。タクシーの前で状況を確認後、乗用車へ向かって四分」

「山川先輩はそのときに鬼瓦を見た。つまり、ワゴン車の荷台は開いていた」

「行って帰って三十分」

「避難口を通れば、モモンガロッカーまでは二分程度ですよ」

「死体が入った木箱を車椅子に載せて避難口まで運び、台車に載せ替えてロッカーへ運び、ロッカーに隠して車に戻り、畳んだ車椅子を後部座席に載せたとすれば」

「充分に間に合います」

平野は恵平に頷《うなず》いた。

「犯人は、シルバーのワゴン車ですね」

「早まるなよ？　まだ可能性があるってだけだ。早急な判断が人の人生を変えちまうこともあるんだからな。ここはひとつ慎重に」

平野は自分自身に言い聞かせるように言い、「そこでだ」と、恵平に何枚かのDVD－ROMを手渡した。

「東京駅周辺のNシステム、別名『自動車ナンバー自動読取装置』な？　これを全部確認して、シルバーのワゴン車を追ってくれ」

「今の映像にはナンバーが映っていなかったんですか？」

「そうじゃなく、車の行き先を調べたいんだよ。ナンバーのほうは画像解析班が調べているから、こっちは既成事実を知りたいの。ここ、代わって」

平野は席を立ち、代わりに恵平を座らせた。デスクの上には地図があり、防犯カメラやNシステムの位置と、番号や時間が書き込まれている。

「いいか？　集中しすぎると短時間でバテるぞ。シルバーのワゴン車を念頭に置いて、あとは運転しているときのような気持ちで画面を流せ。気になったときにすぐ止められるよう、片手はマウスに置いておけ。当該車両を見つけたら、ディスクの番号と時間を地図にメモして、画像をキャプチャに撮って、デスクトップに保存してくれ」

「わかりました」

「それじゃ、俺は目薬さして仮眠する。二十分で起きるから」

「わかりました」

二度目の返事をしたときに、平野はもう長椅子に横たわって眠っていた。

「よぅーしっ！」

自分を鼓舞してモニターに向かう。

運転……運転……運転するようなつもりで確認する、と。

そう言い聞かせながら映像を見ても、わずか数分で飽きてきた。走る車を確認するだけの作業なんて退屈すぎる。それなのに、見落としが怖くて気が抜けないのだ。先輩たちは誰一人音を上げることなくモニターを見続けている。資料室から、『むぉっ』と変な空気が流れ出てきたわけが、恵平にもようやくわかった。あれは捜査員のストレスの臭いだったのだ。ディスクを一枚見終わると、即座に次の一枚に行く。別の場所に設置されたカメラの映像だ。街がこんなにカメラだらけだと知れば、犯罪を犯すリスクはあまりに高い。死角なんてないくらいなのに、それでも今回のような事件は起こる。本当にイタチごっこだと思う。

シルバーのワゴン車の男が犯人だとすれば、ずっと不思議だった『木箱をロッカーに置いた理由』に説明がつく。犯人は箱をロッカーに置きたかったのではなく、箱をロッカーに隠さなければならなかったのだ。想定外の事故が起き、警察が駆けつけて来る前に、ヤバイ木箱を隠す必要があったから。

逆に言えば犯人は、もしも木箱が発見されていなかったなら、すぐにでも、あれを取りに戻って来るつもりだったのだろう。

恵平が見つめるモニター上を、何台もの車が行き交っていく。集中しすぎるなと言われたけれど、恵平にはまだ、力の抜き方がわからない。彼女は食い入るように映像を見つめ、そして何枚目かの映像に、シルバーのワゴン車を発見した。映像をフリーズさせ、キャプチャに撮って、画面に表示された時間と数字を地図に書き込む。カメラの位置は万年橋《まんねんばし》東交差点。東京駅を出たワゴン車は、首都高都心環状線《としんかんじょう》を横浜市方面へ向かっていた。

第六章　鬼面に魂を宿す術

薄汚い声で鳴きながら、オナガが梢《こずえ》で争っている。熟しきれない柿が欲しいのか、それとも単に縄張りを主張しているだけなのか、わからない。青く美しい羽と尾を持つその鳥は、見た目に反して気性が荒く、声も大きい。人も鳥もおんなじだ。奥に何を隠しているのかは、ただ見ただけではわからない。

シュッ……シューッ……

削るたびに立ち上る檜《ひのき》の香り。だが、鑿《のみ》を持つ手は微《かす》かに震える。オナガは容赦なくわめき続ける。風邪っぴきのカラスのごときその声が神経を逆なでして、思わず鑿を放り出す。それでも両手は震えている。今更なにを恐れるというのか。今更恐れるくらいなら、ここから逃げ出せばよかったのだ。

「できるはず、ないじゃないか」

祖父《じい》さんからは逃げられない。親父からも逃げられない。そうでなくてもこの家は、先祖たちが見張っていて、逃げ出すことなど出来はしないのだ。

呪縛《じゅばく》から解き放たれたいと思ったら先代を超えて、未《いま》だかつて誰も目にしたことのない作品を生み出す以外にないというのに。

わかっていたのだ。鬼を飼い慣らすことなどできないと。自分もまた鬼に憑《つ》かれて、取り殺されてゆくのだと。オナガはカラスの仲間だと聞く。ならば自分を迎えに来たのかもしれない。

汚れで曇った窓ガラスから、秋晴れの空を仰ぎ見る。

——ねえ父ちゃん、シゲちゃん、どっかへ行っちゃったんだけど——

そうしてまたも思い出す。幼い日、父の仕事場で見たあの光景を。

シゲちゃんはぼくより二つ年上だった。どういう素性の子供だったか知らないが、父がある日連れて来て、しばらく一緒に家にいた。

——ねえ父ちゃん。シゲちゃんは意地が悪いし、嘘つきだよ——

言いつけるようなことはしたくなかったが、この家が壊れると思ってそう言った。

——わかっている。だから、いいんだ——

——なにがいいの？——

おまえが知る必要はない。と、父は言った。

シゲちゃんもここで修業して、職人になるのだと思っていたが、性格が荒々しくて、しかも手癖が悪かった。おとなしかったのは家に来た日くらいで、すぐに屋敷を物色《と》し始めた。祖父さんの財布が最初に狙われ、ぼくの持ち物も荒らされた。全部は盗らずに少しずつ、わからないように盗んで行くのが手口であった。コソ泥のように、どの部屋へも勝手に入った。シゲちゃんが入らなかったのは、来た日に首根っこをつかまれて放り出された、祖父さんの仕事部屋だけだった。そして祖父さんは、一度作業を始めると、飲まず食わずで仕事部屋から出てこなかった。

シゲちゃんは、ある日突然いなくなり、行く先を訊《たず》ねたぼくに父は答えた。

——手癖が悪いから家へ帰した——

土を捏《こ》ねながら背中で言った。振り向きもせずに。

騒々しさに耐えかねて、力一杯に窓を開けると、オナガは一斉に飛び立った。家の周りに何羽もいたのだ。ギャアギャアと文句を言いながら裏山のほうへ逃げていく。父が首を吊《つ》って死んだ山。人とも思えぬ風貌《ふうぼう》になった遺体を、泣きながら地面におろした山のほうへ。

――手癖が悪いから家へ帰した――

そんなはずはないと、すぐに思った。なぜならシゲちゃんは、ぼくから取り上げたレアカードを枕の下に置いたままだったから。

仕事部屋には木箱があった。お茶箱くらいの四角い箱だ。そして奇妙な匂いがしていた。お香のような、根っこのような、苔《こけ》のような不思議な匂いだ。

シゲちゃんがいなくなって二日目の午後。学校の昼休みに、こっそり忘れ物を取りに戻った。坂の下から見上げると達磨窯《だるまがま》に煙が上がっていて、変だなと思った。窯の火入れは、まだ父ちゃんだけでは許されていなくて、窯焼きの日も祖父さんが決めていたからだ。そしてそのとき祖父さんは、作品を持って東京のデパートへ行っていた。忘れ物をしたことがバレないように、そっと自分の部屋へ行き、プリントを取った。そのまま学校へ帰ればよかったのだけど、なんとなく気になって、窯の様子を覗《のぞ》きに行った。そうしたら……煙が上がっていたのは達磨窯じゃなかった。

窯の前に薪《まき》を積んで、あの木箱が燃えていた。木箱の中には裸の子供が入っていて、顔中に土が盛られていた。土は鬼面《きめん》を形作って、顔は見えなかったけど、それでもあれはシゲちゃんだって、すぐにわかった。間違いない。

そばに父ちゃんが立っていて、その顔も鬼のようだった。厳《いか》ついというわけではなくて、凶暴に見えたということでもない。ただ、すべての感情が抜けきってしまったような、醜くておぞましい顔だった。父ちゃんが抜け殻になって、その抜け殻に人ではないモノが入ったみたいで、ゾッとして、動けなくなって、シゲちゃんが燃えるのをずっと見ていた。父ちゃんは薪を足し、鞴《ふいご》で風を送って火を熾《おこ》し、シゲちゃんを燃やし続けた。黒くなった体からにじみ出す黄色い脂と、ひどい臭いは忘れない。

学校に戻るのが遅れて、先生に叱られて、家にも連絡が来て、でも、父ちゃんは何も言わなかった。ぼくも何も訊ねなかった。訊ねることなど出来なかった。

父ちゃんの作品が賞を取ったのはその後だ。

「炭素なんだ。今ならわかる」

開け放った窓から吹き込んでくる、潮の香りを吸い込んで言った。ただそれだけのことなのだと、何度自分に言い聞かせようとしても、それでもやはり、それだけのこととは思えなかった。作業に向き合う父の姿は鬼気迫るものになっていたし、シゲちゃんで作った鬼には、やはりシゲちゃんが宿っていた。

――だから、いいんだ――父の言葉が忘れられない。

心底ひねくれた暗い眼差《まなざ》し、せせら笑うように不気味な口元、静謐《せいひつ》なほどの無関心。賞を取った鬼の顔は、静かで、不気味で、もの凄《すご》く、人の肌を思わせると絶賛された焼き色は、シゲちゃんが生み出した色だった。独創的な焼き色は祖父さんの作を超えたと、雑誌や新聞が賞賛した。

二人目の少年はフーマと言って、女の子のような顔をしていた。やはりどこからか父ちゃんが連れて来て、二日目にはいなくなっていた。仕事部屋にまた木箱があったが、もう彼のことを訊ねなかった。また会える。作品になって。

彼の顔に盛られた土は、如来《にょらい》の面に似ていたはずだ。焼き上がった作品がそうだったから。

窓を閉め、室内を見る。打ちかけの面が床にあり、作業は中断したままだ。

あれほど周到に準備をしたのに、『異形』の魂を失った。作業場の暗がりに、死んだ父が立っている気がする。父もやはりそうだった。二つの作品を仕上げた後に、裏山で自ら命を絶った。それからずっと、そばにいる。作業場の隅の暗がりにシミのように張り付いて、じっと様子を窺《うかが》っている。昼も、夜も、一日中。

――どうだ……おまえもこちらへ来るか――

ろくろっ首のように首を伸ばして、抜け殻のような表情で、父がささやく。

——やられたよなぁ……鬼に憑かれたんだよ。本当の生け贄《いにえ》は俺たちだ。俺たちだった……俺たちなんだよ……わかるだろう——

「うあぁあぁあぁあっ！」

たまらず奇声を発したら、

「……どうしたぇ？」

廊下の奥から祖父《じい》さんが訊《き》く。

落ち着け……落ち着け……。

「なんでもない。驚かせて悪かったね」

木箱はまだ七つもあるのに。それなのに、三番面で躓《つまず》くなんて。

窓の外を大きな鳥の影が行く。オナガの群れが戻って来たかと思ったが、今度は本物のカラスであった。カラスは大声で鳴くこともなく、枝に止まってこちらを見ている。あまり集まると、窯に火を入れなければならなくなる。祖父さんの次の入院はまだ先で、それを思うとストレスがたまる。

——来い。おまえも来い。こっちへ来い——

「やめてくれ。父ちゃんとは違うんだ」

あの子に入れ込みすぎたのはまずかった。でも、だからこそ、欲しいのだ。『魂』

はなくしたが、型紙はある。頭の中は彼で一杯だ。狂おしいまでに一杯なのだ。
再び鑿《のみ》を手に取ったとき、嘲笑《あざわら》うような声でカラスが鳴いた。

翌日。恵平はまた朝イチから平野に駆り出されていた。
昨晩は二十分で仮眠から覚めると宣言していた平野だったが、結局は二時間近くも目を覚まさなかった。その間も恵平は着々とディスクケースを空にしながら、シルバーのワゴン車を追いかけていた。追跡のコツがつかめると、あとは行く先を仮定してその番号のディスクを確認すればよく、推測通りに車を見つけたときには高揚を覚えた。警察の花形だと思っていた刑事の仕事がこれほど地道で根気のいるものだとは思いもしなかったけれど、海岸に花を供える被害者の友人たちを思えば頑張れた。人柄も、生前の様子も、何一つ知らないとしても、被害者を知る人々と接すれば、あの真っ白な少年が血の通った人間として恵平の中に立ち上がる。その命と、その命を愛した人たちの為にも、簡単に音を上げることはできないと思う。平野の仕事を手伝うちに、恵平は、ストレスの臭いを発散しながら一心にモニターを見続ける刑事たちの執念の源を理解した。

「今日はどこへ行くんです？」

署を出る平野を追いかけながら、恵平は訊いた。腰痛で休んでいた平野のバディは結局入院してしまったそうで、今は点滴につながれて加療経過を見守られているのだという。腰痛の原因はギックリ腰ではなくストレスと過労で、忙しさ故の水分不足が招いた尿路結石症だったらしいのだ。

「また鎌倉だよ」

スーツの裾《すそ》を翻し、大股《おおまた》で歩きながら平野が言う。

「鎌倉の、どこですか？」

「警察署」

「え？」

訊くと平野は足を止め、

「向こうの所轄にも協力を仰いだ。班長から話を通してもらってな」と言う。

「あれからまた防犯カメラの映像を確認したんだ。例のワゴン車だけど、夜の十時過ぎに再びロータリーへ戻って来た」

「えっ」

その時間、木箱はまだロッカーに置かれていた。

「そう。隠した箱を回収に来たんだよ。容疑はさらに濃厚になった。服装からしても事故のときロータリーにいたワゴン車と、その運転手と同一人物だと思う。日の本タクシーのほうへもすぐに聞き込みをしたんだが」

「したんだが？」

「事故当日、日の本タクシーはワゴン車の運転手にも何か損害を与えたか訊ねたそうだが、特別申し立てはなかったらしいや」

「まあ、鬼瓦《おにがわら》は無事だったんですものね」

「だよなあ。それに」

　と、平野が笑う。

「今になってみれば、犯行を隠すことに必死で、身バレするような事案には関わりたくなかったはずだ。すぐにでもその場を離れたかったんだろう」

「ですよね。それで？　犯人は、戻って来てどうしたんですか」

「戻っても避難口はロックされて、もちろんドアはもう開かない。行きつ戻りつしながら、焦りまくっている姿が記録されてた」

「だとすると、駅の関係者でもなかったんですね。床の張り替え業者がたまたまあの場所に停車していて、それで偶然事故が起き、またも偶然避難口が開いていて、犯人はモモンガロッカーにたどり着くことができた」

「ゆうべのうちに鑑識が飛んで、通路と、そこに置かれていた台車を調べた。採取した微物の中に木箱を磨いたときに出る粉などがないか鑑定中だ」

「あれから調べに行ったんですか？」

「当たり前だろ」

「警察って、すごいんですねえ」

感心して恵平が言うと、平野は「バカか」と、鼻で嗤《わら》った。

「それで？ そのワゴン車は鎌倉へ向かっていたんですか？」

「最後まで追跡できたわけじゃないから、確認作業は続いてる。あと、今朝の捜査会議で科捜研が話したことでは、死体に塗られていた香油は、現在流通しているものじゃないことがわかったってさ」

「現在流通しているものじゃないって、どういうことですか」

「うん。いいか、おまえと聞き込みに回ったとき、アロマショップなんかで精油のサンプルを集めたろ？」

「はい」

「班長たちも聞き込み先から同じようにサンプルを集めてきた。それらを分析したところ、遺体に塗られた精油とは成分が違うことがわかったんだよ。メーカーの違いとかそういうことではなくて、あれは熟成された精油だったんだ」

「熟成精油……たとえばワインみたいなものでしょうか？」

「まさにそこな」

平野はポケットから捜査手帳を引っ張り出した。

「現在流通している精油の多くは、技術の進歩から抽出時間の短縮が図れて安価に提供できる代わりに、成分の揮発速度が早いんだとさ。対して古代からの抽出方法で取り出した香油の中には、時間が経つほど香りが熟成されていくものがあるそうだ。成分の劣化具合を調べた結果、死体に使われていた香油は、少なくとも三十年近く前に精製されたものらしい。日本に本格的なアロマオイルが入って来たのは二十数年前だから、海外から直接持ち込んで熟成させたか、もしくは十年熟成の精油がその頃に入って来たものか。で、メーカーに問い合わせてみたんだが、当初の販売記録はすでに廃棄されていて、ナシだった」

「じゃあ、どうするんです？　せっかくレアな香油だったとわかったのに」

「だから足で稼ぐんだろうが」

「どうやって」

恵平が前のめりになると、平野はあきれて、

「おまえは少し落ち着けよ」

と、手帳をめくった。

「手がかりは一つじゃねえんだ。いいか？」

丸の内西署の周囲は比較的人通りが少ないのだが、駅に近づくにつれ混雑が始まる。雑踏に飲み込まれないように歩くだけでも精一杯で、こみいった話をすることはできない。平野は道の片隅に立ったまま、手帳のメモを確認した。

「調べてみたんだよ。神奈川県内の瓦屋《かわらや》ってヤツを。そうしたら、屋根の葺《ふ》き替え工事をする会社や工務店は何社もあったが、粘土を使って瓦を焼くような業者はなかった。で、瓦を扱う会社に電話で訊《たず》ねたら、瓦メーカーってのは、愛知、島根、兵庫に大体まとまっているんだと」

「鬼瓦はそこから流通してきたんですかね」

「ところが鬼瓦ってのがまたちょっと特殊で、二十年くらい前までは、産地から土を買い付けて芸術的価値のある瓦を窯で焼く、鬼師《おにし》という職人が神奈川にもいたというんだよ。その名工は、なんか、すっげえ鬼を作っていたみたいで、瓦メーカーが買い取って社内に置いたりしているんだと。ちなみに鬼師ってのは、現在では瓦メーカー

が抱えている場合が多いんだってさ」

「鬼師……」

その呼び名に、ぞくりとする。

「名工は存命で、屋敷が鎌倉にあるんだよ。名前を津守清兵衛《つもりせいべえ》と言って、御年《おんとし》なんと九十九歳だ。今は窯を閉めているらしいけど、清兵衛窯の鬼瓦には本物の鬼が宿ると言われたほどだとさ」

「その人に訊《き》けばワゴン車のことがわかるかもしれないんですね。それに、山川先輩があれほど絶賛したってことは、もともとワゴン車が清兵衛窯の鬼瓦を運んでいたとか、そういうことだってあるのかも」

「そこな」

平野は捜査手帳をしまい、

「それをこれから聞き込みに行く」

と、偉そうに言った。

また歩き始めた平野を追いかけながら、

「他の署の管轄区で聞き込み捜査をするときは、警察署へ寄るものなんですか」

と訊ねると、平野は頭を掻《か》きながら、

「そっちはまた別件でさ」

時々振り返って恵平を見る。

「例の交番の、大先輩が言ってたじゃんか。少年というのは、ある意味神聖で特別な存在で、少年と関わること自体が自らの精神性を高めるとかなんとか」

「犯人が木箱を用意していたことからも、計画的犯行だったのではないかとも言ってましたね」

「俺はその言葉がずっと引っかかっているんだよ。死体に香油が塗られていたのも、もしかして、宗教的な意味合いからじゃないかって。それで、あのあたりで起きた少年がらみの犯罪ってヤツをサーチしてみた。そうしたら」

平野はたった今ポケットに入れた手帳を再び出した。

「居住実態がつかめていない児童ってのが、ここ数年だけでも数十人にのぼることがわかった。ここだけで、だぜ？　そこで、捜索願が出されたものの発見に至っていない児童行方不明事件、つまり犯罪に巻き込まれた可能性がある事案に絞ってみたら、そっちのほうも数件あって、さらに、男の子の事案に的を絞ったら、二十八年前に二件、十四歳と十歳の少年が立て続けに行方不明になっていたんだよ。あと、半年前に家出人として児童養護施設から届け出があった少年が一人。ほかには小学六年生の児童が一人、三月に行方不明になっていた」

「あ。その事件ならニュースで見ました。春休みですよね？　塾帰りに行方不明になったという。たしか路肩にスニーカーが片方落ちていて、交通事故に遭って連れ去られたんじゃないかという」

「そう。現場は住宅街の狭い道で、衝突音や、言い争う声を聞いた住民はいない。児童は携帯電話を持っていなかったし、残念ながらＧＰＳも持っていなかった。身代金の要求はナシで、周辺に防犯カメラもナシ」

「その子も藤原賢人君ばりの美少年だったんですか？」

「写真を見たが、そうでもない。どちらかといえば才気煥発《かんぱつ》で、元気のいい男の子だったみたいだな。やんちゃというか……それで、個人的に気になっているのは」

捜査手帳に指を差し込み、ページの両側を交互に覗《のぞ》いて平野は言った。

「二十八年前に行方不明になった二人の少年だけど、どちらも満愛《みちあい》児童園って養護施設で保護されていた子供たちだったんだ。で、今年になって家出人捜索願が出されている少年ひとりも、ここの子供だ」

「何か関係があると思うんですか？」

「それを所轄へ訊きに行くんだよ」

再び電車で神奈川へ向かう。神奈川県鎌倉警察署もまた由比ヶ浜に近いところにあって、景観に配慮してか、白木のルーバーを多用した美しい建物だった。平野は恵平を連れて内部へ入ると用件を話し、刑事課の脇にある休憩所のような部屋に通された。狭い室内で待っていると、定年間際とおぼしき刑事が一人、お腹を揺らしながら入って来た。頭はすっかり白髪だが、脂ぎった顔と鋭い眼差《まなざ》しが、自分はまだまだ現役であるという気概を見せている。

「お忙しいところ恐縮です」

平野はサッと席を立ち、自分の名刺を相手に渡した。

「いやいや、ご苦労様ですなあ」

言いながら初老の刑事も名刺をくれる。恵平は名刺がないので恐縮して受け取ると、

「うちで研修中の堀北です。本日は同行させていただいていますが、あしからず」

平野がフォローしてくれたので、

「堀北恵平です。勉強させていただきます」と、頭を下げた。

「そうかね。それは……頑張りたまえ」

初老の刑事は鈴木《すずき》といって、生活安全課の刑事であった二十八年前、養護施設から

立て続けに行方不明となった二人の少年の捜査に当たっていたのだと語る。

「まあ、どうぞ」

改めてイスを勧められ、着座すると、

「藤佐喜流の家元の、お孫さんの事件の捜査だそうですな」

鈴木が平野の名刺を眺めながら訊く。腎臓という珍しい名前には言及しなかった。

「はい。過去に同じような事件がないか調べていたら、偶然、この件を見つけたものですから」

「ま、あれはただの行方不明事件といいますか、施設から逃げ出しただけだったのかもしれませんがね」

「事件性はないと考えられていたんですね？」

「子供の素行などからしても、そう思えましたがねえ」

「今年になって、同じ施設からまた、少年が一人出奔していますよね」

「そうそう……偶然にもね。そうなんだ」

人差し指で眉毛《まゆげ》のあたりを掻きながら、鈴木は捜査資料をテーブルに載せた。

「拝見します」

平野は一礼して資料を引き寄せた。

同じ施設から連続して二人の少年の家出人届が出されたのは、一九九〇年のことらしい。資料を開くと、そこに少年たちの顔写真が載せられていた。

一人は当時十四歳の服部重幸《はっとりしげゆき》君。両親はともに未成年で重幸君を出産し、彼が二歳の時に離婚している。その後重幸君は母方の祖母に引き取られたものの、七歳の時に祖母の虐待が認められて施設に保護され、以降は施設で育っている。粗暴でキレやすい性格だったらしく、万引き、置き引き、恐喝、無銭飲食などで補導されたことがあり、そのたび施設を逃げ出すこと年に複数回。都度、ゲームセンターや公園などで保護されている。体が大きくがっちりとした体格ながら、どことなく寂しげな目をした少年だった。

平野は調査資料をめくった。

もう一人の少年は当時十歳で、金井《かない》風磨《ふうま》君という名前だった。母親の再婚相手から虐待を受けて一時的に保護されていたものの、離婚の成立を待って親元に帰される予定だったとある。内気でおとなしい性格から周囲になじめず、施設に保護された直後、転校先の小学校の下校途中で行方不明になっていた。

今年になって行方がわからなくなった少年は、藤原賢人君以外に二名。半年前に児童養護施設から届け出が出された子供は九歳で、がっちりとした体格。小学生だが強《こわ》面《もて》のオッサンのような面構えをしている。この少年については、母親が病気を理由に施設へ預けにきたもので、本人はそれを納得できずにしばしば施設を抜け出していたとある。キセル乗車で補導が数回。千葉にいる母親の許《もと》へ行こうとしていたらしい。ほか、春休みにスニーカーだけを残して行方不明となった小学生は、地元の少年サッカーチームに所属する活発な子供であると記されている。

「ちょっと気になりませんか？」

年月を隔てたそれぞれの写真を見比べて恵平が言う。

「この子とこの子。あと、こっちの子と藤原賢人君は雰囲気が似ているように思うんですけど」

恵平はサッカー少年以外の四名を二つに分けた。

「俺もそう思ってた。素行が悪かったという服部重幸と、キセル乗車の九歳の子。あとは人見知りだったという金井少年と、日舞をやってた藤原賢人。なんかタイプが似てるよな。サッカー少年はまたちょっと違うか。彼は潑剌《はつらつ》として、活発な感じがするんだよな」

「他の四人は『動』と『静』って感じですよね。語弊を恐れずに言えば、男と女、荒ぶる神と仏のような」

「そうですかなあ」

鈴木は立ち上がって、逆方向から資料の写真を覗きこんだ。

「あー……まあ、言われてみればそうですな。ただの偶然だと思いますがね」

「満愛児童園っていうのはどこにあるんですか」

平野が訊《き》くと、

「児童園も小学校も、結構近くにありますよ。児童園のほうはお寺が経営していましてね。常時二十人くらいの子供を預かっています。住職が園長で、実質責任者はその奥さん。職員が四名、非常勤職員が四名と、あとはボランティアが運営に参加している中堅どころの施設です」

と、答えた。

「施設内の虐待等、そちらの問題はありませんで……当時は何度か様子を見に行ったものですが……まあ、こう言っては何ですが。預けっぱなしの親がどれだけ多いか、現場を見て初めてわかりました。誕生日とかクリスマスに洋服を送って来るんですがね、施設に入所したときのサイズのままで送ってくる。子供と会っていないから、成長しているのがわからんのです。子供はね、服やお菓子なんかより、親が迎えに来てくれるのを必死に耐えて待っているんだ。職員が事前に贈り物をチェックして、服のサイズが違うとねえ……それを渡して子供が悲しむか、それでも渡すべきなのか、悩んでいるのを見ましたよ。親に連絡してサイズが違うと話しても、取り合わないケースがほとんどだそうで、あれは親の自己満足です。まあ、それもせいぜい中学までで、高校に入る頃にはすっかり諦《あきら》めて、子供らは、独りで生きて行く覚悟をしてますよ。親は子供を捨てたと思っておるか知りませんがね、捨てられたのは自分たちの方だと、いつかわかる日が来るでしょう」

強面で厳《いか》つい鈴木の顔が、人間くさく感じられた瞬間だった。

「どうも、ありがとうございました」

必要なことをメモに取り、平野は鈴木に調査資料を返した。

「もうひとつ教えて欲しいのですが」

メモをめくって平野が言う。

「鎌倉の鬼師と呼ばれた津守清兵衛についてご存じでしょうか」

鈴木は微《かす》かに顔色を変えた。

「清兵衛窯がどうかしましたかね」

「ご存じなんですね？　このあたりでは有名で？」

お互いが質問に質問を返していたのでは、どこまで行っても埒《らち》があかない。平野は鈴木の顔を見て、捜査手帳をパタンと閉じた。

「まだ確証はないんですが、藤原賢人少年の遺体を木箱に入れて運んだとおぼしきワゴン車に、鬼瓦《おにがわら》が積まれていたのです。それを見た署員の話では、鬼気迫る素晴らしさだったと。調べたところ、二十年程前までは、神奈川にも鬼瓦を焼く職人がいたということで、それが清兵衛窯だったんです」

鈴木は目を眇《すが》めてテーブルの上に閉じられた調書を睨《にら》む。

「ふうむ……なるほど……」

呟《つぶや》いてから、語り始めた。

「いやね……実は私も、金井風磨少年の消息を追う中で、清兵衛窯を訪れたことがありますよ。当時は集団登校が奨励されていたのですが、人見知りの激しかった金井少年は、学校の行き帰りにも、わざとゆっくり歩いて独りになってしまうような子供だったそうで、行方不明になった日も、犬を飼っている家の前で立ち止まり、仲間たちを先に行かせて独りぼっちになりました。あまりに長くそこにいるので、家人が注意するとようやく腰を上げ、その後、満愛児童園に着くまでの数百メートルの間で消息を絶ったのです」

「それでどうして清兵衛窯に行ったんですか？」

脇から恵平が口を挟んだ。

「失踪《しっそう》と直接関係があったわけではないが、学校関係者を一通り当たった中のひとつが清兵衛窯だったんだ。金井少年が失踪する少し前……清兵衛窯は小学校の授業の一環として、子供たちに鬼瓦を作らせる授業をしていた。あそこは達磨窯という窯を持っていて、てのひらサイズの鬼瓦を子供たちに作らせて、工房へ持ち帰り、火入れして持って来てくれるというようなことをやっていました。授業としては四年生の図画工作の時間で、当時でも、すでに十年以上続く恒例行事でしたから、少年たちも外部講師として清兵衛窯を知っていたということになります。それで、授業の時の話など、ざっくり聞いたというわけでして」

「津守清兵衛が講師だったんですか」

「いや。息子の方だった。五十少し前くらいでしたがね。そのとき聞いた話だと、清兵衛窯は代々女人禁制にして、鬼師は生涯独身を通すと」

「独身なのに息子がいるんですか？」

恵平がごく純粋な疑問をぶつけると、鈴木はまだ考え込んでいるかのように両目を眇めて、首を傾げた。

「そう。独身で……養子をもらうと言ってましたね。だから、父子《おやこ》でも血のつながりはなかったということなんでしょう。そのときは、神聖な仕事なんぞに関わると大変だなあと思っただけでしたが」

「今も学校の鬼瓦作りに関わっているんですかね。清兵衛窯は」

平野が訊くと、鈴木は言下に「いや」と答えた。

「それが……聞き込みに行った翌年だったかな、その息子さんが自殺してしまったんですよ。薪《まき》を取りに裏山へ入って、そこで首を吊《つ》ったんです」

「どうして……」

恵平は痛ましげに目を細めた。

「遺体の確認に行ったのもうちの署でして、遺書などは見つかっていませんが、自殺だったのは間違いないです。プレッシャーが大きすぎたのが原因じゃないかと思いますねえ。亡くなる前に清兵衛窯は美術展で連続して大賞を受賞して、地方新聞で騒がれたので、私もよく覚えています。銀瓦と呼ばれる瓦があるらしいんですが、清兵衛窯のそれは黄金の光沢を持つ金瓦だったので、業界の話題をさらったのですよ」

「その新聞って、まだありますか」

「さすがにもうないよ」

鈴木は恵平に苦笑した。

「その後も十年くらいは先代が焼いていたようですが、息子が出した金色を出すことができなくて、窯をしめてしまいました。今は何歳ぐらいになったんだろうな」

「九十九歳です」

恵平が言う。そして、もしやあのとき車椅子に乗せられていたのが、清兵衛その人なのではないかと思った。

「跡を継ぐ人はいなかったんですか？」

「聞き込みをした時に七、八歳くらいの子供が一人いるのを見ましたねえ。あの子が次の跡取りだろうと思ったんですが……鬼瓦は、もう作っていないと思いますね。その後は何の話題も、噂も聞いていませんからな」

平野と恵平は鈴木に礼を言って警察署を後にした。署を出たところで足を止め、スマホで清兵衛窯へ行くルートを確認している平野に、恵平が訊く。

「私たち、真相に近づいているんでしょうか」

「さあな」

平野は検索を進めながら、

「わー……タクシー使うしかねえのかよ……」

と、呟いている。満愛児童園と、そこの児童が通った小学校、藤原賢人少年が通っていた高校、そして由比ヶ浜は比較的近いのだが、清兵衛窯はかなり山手にあるようだ。

「しょーがねーなあ」

ブツクサ言いながらタクシーを呼ぶアプリを立ち上げたとき、平野のスマホが鳴り出した。耳に押し当て、応答する。

「はい、平野。え？」

彼はスマホを耳に当てたまま、恵平に人差し指を振り始めた。おまえがタクシーを呼べと言っているのだ。

ただ助っ人をするだけのつもりでぼんやりしていた恵平は、いざタクシーを呼ぼうとすると、自分たちが今いる場所すら把握できていないことに気づいて焦った。コクと平野に頷《うなず》いてみたものの、慌てて地図アプリを立ち上げて位置情報を確認する。防犯カメラもそうだけれど、こうした機器がなかった時代、刑事たちはどうやって捜査していたのだろうと不思議に思う。

その脇で、平野の会話は続く。

「ああ、はい。聞き込みに行きました。天ヶ瀬？　ちょっと待ってくださいよ」

恵平がタクシーを呼んでいる間に、平野はまたも捜査手帳を取り出した。

「武士山八幡宮の職員ですね。あのいけ好かない、宝物館の？　話しましたよ」

平野の視線が恵平に止まる。そして、「わかりました」と答えて電話を切った。

「どうしましたか？」

「タクシー呼んだか？」

「呼びました」

「電話は河島班長からだ。武士山八幡宮の天ヶ瀬って職員から電話があって、祭礼用の面を彫っている人物に心当たりがあったんだとさ」

「どうして今頃？　この前はけんもほろろだったのに」

「おまえ、そういう言葉をよく知ってんな」

平野は感心したように言ってから、

「あんときも、妙な感じがしてたんだよなーっ」

と、付け足した。

「まあいいや。段々不安になってきたんだろ？　次々に捜査員がやって来るから」

「え。次々に捜査員が行ったんですか？」

「そりゃそうだよ。わかりません、はいそうですか、それで終わっちまったなら、何の揺さぶりも掛けられねえじゃんか」

そういうものか。恵平のほうこそ、刑事のしつこさと執念深さにはびっくりだ。

「えっと、あのな。その職員が、祭礼用の面を作って奉納してみろと勧めた人物がいるそうだ。市の交流館を借りて木彫の個展をやっていた若い芸術家だったとさ。その場で勧めただけだから名前も素性もわからないけど、急に思い出したからと言って電話をくれたようなんだ」

話しているうちにタクシーが来て、平野と恵平は乗り込んだ。てっきり清兵衛窯へ向かうのだと思っていたが、平野が告げた行き先は『市の交流館』だった。

市の交流館は鎌倉駅近くの施設であった。着くなり平野はタクシー運転手に警察手帳を示して駐車場で待機させ、恵平を連れて受付へ向かった。

ここでも警察手帳を見せて、受付職員に質問をする。

「昨年の秋に、ここで木彫の個展を開いた人物について知りたいんですがね」

突然現れた刑事二人に（恵平は刑事ではないのだが）職員は驚いて、しどろもどろの返答をした。

「去年の秋ですか？」

カウンターに置かれたパンフレットに目をやって、

「あ……去年の秋でしたよね」

と、呟《つぶや》く。カウンターに展示されたパンフレットはすべて、これからイベントが始まる告知用のものだ。職員はカウンターの下でノートを調べ、それからようやく気がついて、

「すみません。タブレットで検索を始めた。

「すみません。慌ててしまって……」

「かまいませんよ」

平野はすましている。長身でそこそこイケメンなので、普通にしていると女にモテそうな感じなのだが、全身から発するオーラが、なんというか、せせこましい。かまいませんよと言いながら、相手を焦らせる雰囲気がバリバリ出ている。河島班長や、さっき会った鈴木のような、懐の深い感じは微塵《みじん》もないのだ。

「出ました。昨年の秋と言いますと、具体的には何月頃ですか？」

「わからないんですよ。秋ということしか」

「展示物が木彫だったということで、それで検索できませんか？」

またも恵平が口を挟むと、受付職員は眉《まゆ》をひそめて、

「それが……昨年のお盆休みあたりから冬にかけて、こちらのギャラリーを使った方のなかで、個人で借りている方は一人しかいらっしゃいません。でも、その方の展示

は日本画なんです」

「いないんですか？　木彫は」

「個人で木彫はいらっしゃいません。多分ですが……グループ展だったのではないでしょうか。お一人で会場を埋められない場合、参加者を募って展覧会をすることが多いので」

「そうかもな。じゃ、その参加者の名簿ってわかりますか」

職員は申し訳なさそうな顔をした。

「リストにあるのは責任者の方だけです。十五団体ほどございますが」

「十五ぉ？」

さすがの平野も、やや情けない声になった。彼は小さくため息をつき、

「そのリスト、プリントしてもらっていいですか」

と、職員に言った。カウンターでリストのプリントを待っていると、職員は不意に席を立ち、カウンター奥のバックヤードへ姿を消した。交流館のロビーには、小さい子供を連れたお母さんや、散歩の途中で休憩に来るお年寄りなどが出入りしている。思い立って恵平はトイレに走り、そして、廊下の一角にあるドアから、さっきの職員が出てくるのと鉢合わせした。

「あ。刑事さん」

と、職員は言う。まだ卵なのだと伝えるべきか、恵平は一瞬迷ったが、「はい」と答えて足を止めると、彼女は手にした紙の束と、施設の専用封筒を恵平にくれた。

「探してみたら、昨年のパンフレットのストックがありました。こういう場所に」

一枚を広げて恵平に見せる。

「参加者の名前や作品なんかが書かれています。参考になれば」

「わあ、ありがとうございます！」

恵平はぺこりと頭を下げて、去年のパンフレットを受け取った。

結局トイレに寄らずロビーへ戻ると、職員はまたバックヤードを通って受付カウンターへ顔を出し、平野に名簿のプリントを手渡しているところであった。

「わざわざ去年のパンフレットを探してくれたんですよ。いま、そっちで頂いて来たんです」

平野は恵平が抱きしめていた封筒を手に取ると、

「そりゃどうも」

と、言いながら、逐一中身を確認した。展示会の多くは成人学校〇〇講座が開いたもので、俳句教室、絵画教室、写真教室、陶芸教室、中に木彫教室もある。

平野は言うが、武士山八幡宮の職員の激しく目の肥えた感じからして、由緒正しき祭礼用の面の制作を成人学校の素人に勧めるとは思えなかった。平野と恵平は受付カウンターの脇で一枚一枚パンフレットをめくっていたが、やがて同時に、

「これかなあ……」

「あっ」

と呟いた。互いに視線を交わしてから、食い入るように一枚に見入る。それは『関東彫刻会』という美大出身者のグループが開催した展覧会のパンフレットであった。

メインに大きく扱われていたのは『オフィーリア』と題した作品だ。

真っ平らな木の板に水の流れが彫刻されて、波間に浮かび沈みする花々の中に女性の顔が浮かんでいる。今しも水に沈もうという口元に笑みを浮かべて、うつろな眼差《まなざ》しはこの世ではないどこか遠くを眺めている。ハムレットに恋するあまり、花とともに水に沈んだ悲劇の恋人オフィーリア、その死に際を切り取った木彫作品には、痺《しび》れるほどの美しさがあった。

恵平はさらに眺めた。この顔の、なにがゾクゾクさせるのだろう。作り物のような美しさだろうか。日本的な眼差しか。それとも、中性的な魅力だろうか。そう思った時、恵平は、体中が総毛立つようにゾーッとした。

「平野刑事……私……ピンときてしまいました」

　恵平が呟くと、

「俺もだ」

　と、平野も言った。作者の名前は写真の下部に、ごく小さく書かれている。

「……津守清月《せいげつ》……」

　小さく名前を読み上げた途端、平野は礼も言わずにホールから飛び出して行った。思わず後に続こうとして、恵平は立ち止まり、受付職員に深くお辞儀した。

「どうもありがとうございましたっ！」

　外へ出ると、平野はタクシーの後部座席に頭を突っ込み、清兵衛窯へ車を回して欲しいと頼み込んでいた。恵平が飛び乗るのを待って、タクシーは走り出す。

「とんでもないですね」

　恵平が言うと、平野はスマホを出しながら、

「俺は鳥肌が立ったぞ」

　と言う。実は恵平もそうだった。

「オフィーリアの顔──」

　うん。と平野が無言で頷《うなず》く。

「――あれって、あの子の顔でしたよね」

「ブロマイドで見た顔だ。藤原賢人が舞踊会で女形《おんながた》を踊ったときの、その顔だ」

そう言うと、平野は署に電話した。河島班長を呼び出して、こちらへ来てからの経緯と、清兵衛窯へ向かっていることを報告する。そして、面を奉納してみたらと勧めた相手がオフィーリアの作者だったかどうか、武士山八幡宮の職員に確認して欲しいと伝えた。

次々と変わっていく車窓の景色を眺めつつも、恵平は拳《こぶし》を握りしめていた。これから自分は犯人と対峙《たいじ》するのだろうか。そして大捕物になるのだろうか。

津守清月はどんな人物なのだろう。彼は藤原賢人君を舞台で見つけて、それからずっとマークしていたのだろうか。声をかけたのは海岸か。それとも賢人君が学校帰りにあの場所でダンスの練習をしていることを知って、親しくなっていったのだろうか。他の子は？　そうか。他の子供たちとは鬼瓦《おにがわら》を作る授業で知り合ったのだ。いや違う。清兵衛窯は十年以上も前に廃業していたのだから……あれこれと、目まぐるしい勢いで思考が回る。すると平野は電話を切って、こう言った。

「周辺に聞き込みするが、まだ本命には当たらない」

「わかりましたっ。私、こう見えても体術は得意で……え？」

恵平はまともに平野を振り向いた。

「まだ本命には、当たらない？」

「ここからは地道な裏付け捜査をするんだよ。いきなり踏み込んで身柄を拘束するとでも思ったのか？　テレビの見過ぎだ、バーカ」

「え。そうなんですか？」

「当たり前だろ。俺たちゃスーパーマンじゃねえんだからさ」

平野は言って、

「清兵衛窯の少し手前で降ろしてもらえませんかね、大仏《だいぶつ》タクシーの中村正《なかむらただし》さん」

と、運転手に頼んだ。ダッシュボードに掲示してある運転手の名前を、わざとらしく呼ぶのも忘れない。言葉には出さないが、守秘義務を守れよと脅しているのだ。

運転手は口数少なく、静かに穏やかに車を回し、やがて二人は、山際の住宅地の片隅で車を降りた。

第七章　MASK

その場所から見下ろすと、坂になった住宅地の向こうに海が見えた。一面が太陽を照り返して、銀色に光っている。水平線の間際を船が行き、空と雲とが見渡せる。穏やかな潮騒《しおさい》さえも聞こえるような、のどかな景色。それなのに、背後の山からは森の匂いが漂って、大きな鳥がやかましく鳴きながら梢《こずえ》の間を行き交っていた。

真っ昼間の住宅地は人通りもまばらで、声をかけやすそうな人が見当たらない。見上げれば山裾《やますそ》の目立つ場所に清兵衛窯の屋敷はあって、広い敷地が樹木に覆われ、木々の隙間に屋根だけが見えた。平屋で大きく、いくつか離れもあるようだ。

平野は早速地図アプリを立ち上げて航空写真を確認したが、やはり母屋の他に二つの離れと、小屋とトタン屋根の納屋らしきものが確認できた。

平野はまっすぐ清兵衛窯へ行くことはせず、坂下の住宅地をウロウロと歩き始めた。今回は早足ではなく、周囲を物色するような歩き方である。ここまででも結構歩いたが、刑事の健脚にはほとほと驚かされてしまう。毎朝毎晩駅の周囲を歩き回って、足を鍛えておいてよかったな、と恵平は思う。ペイさんに見透かされたように腰が弱いので、歩き方に注意しないとすぐ腰痛に苛《さいな》まれるのだ。

「誰もいませんねえ」

恵平が言う。無言のまま目的もなく歩き回っていると、自分が不審者になったようで落ち着かない。

「洗濯物を干してあると、留守じゃないことが多いんだ。特に物干しに雨よけがない場合、あとは布団を干している場合」

ただ歩いているのかと思ったら、平野は家々の様子を眺めて、めぼしい聞き込み先を物色しているのだった。

「それと、新築の平屋にはたいてい高齢者が住んでいる。そういう人は話し好きだ」

スイッと脇道へ入って行く。なるほど、その先には前庭に物干しが置かれた家があり、干したシーツの下でお婆さんが草取りをしていた。板塀の下が透いていて、そこからお婆さんの姿が見える。平野はツカツカと歩いて行き、板塀の隙間から、

「こんにちはー」と声をかけた。

お婆さんは顔を上げた。斜めに腰を屈《かが》めたままで、平野はニッコリ笑いかける。

「ちょっと教えて欲しいんですが」

「なんでしょう」

草むしりの手を止めて、板塀の中からお婆さんが訊《き》く。

腰を曲げ続けるのも辛《つら》いのか、平野は歩道にしゃがみ込んだ。恵平も隣にしゃがみ、「こんにちは」と、頭を下げる。

孫ほどの若さの恵平を見ると、お婆さんはニッコリ微笑んだ。

よく知っているくせに、平野はこんなことを言う。

「このあたりだと思うんですよね。金色の瓦を焼く職人さんがいるっていうのは」

むしった草を手早くザルの中に入れ、お婆さんは板塀の隙間に近づいて来た。歳の頃は七十前後。よく見れば品のいい顔つきをしている。

「それならこの坂を上がったドン突きですよ。大きなお屋敷は一軒だけなので、すぐわかります。でもね、もう瓦は焼いていませんよ」

「そうなんですか？」

平野は残念そうに呟《つぶや》いた。

「金の瓦は随分と話題になりましたけど、焼いていた方が亡くなって、今ではやめてしまったんですよ」

「名工と言われる清兵衛さんは、ご存命なんじゃないですか？」

「どうでしょう……」

　お婆さんは眉《まゆ》をひそめた。

「亡くなったという話は聞きませんから、生きてはおられると思いますけど、もう随分前からお姿を見てないですね。施設に入っているか、入院されているのかもしれないけれど」

「では、伺っても誰もいないんでしょうか」

「いえいえ。お孫さんがいらっしゃいます。車で出かけられるのをよく見ますから」

「車ですか？」

「銀色のワゴン車ですけどね」

　平野と恵平は顔を見合わせた。

「お孫さんは窯を継がなかったんでしょうか」

「それは……ほら……」

　お婆さんはまた少し板塀に近づくと、

「大きな声じゃ言えないけれど」

　そう前置きをして、声を潜める。

「首吊《くびつ》り自殺をなさったんですよ？　金の瓦を焼いていた息子さんは」

わざとらしいと思いながらも、恵平は驚いたような顔をした。お婆さんの小鼻がヒクリと動く。

「あそこで焼いていたのは鬼瓦《おにがわら》ばかりですけどね。でも、普通の鬼瓦とは全然違っていたんですよ。清兵衛さんは名工と謳《うた》われた方でしたけど、芸術家でしたから普通に怖い鬼は焼かないで、能面というか、般若《はんにゃ》というか、そういう感じの鬼を焼く人だったんですよ。私も見たことありますけどね、なんというか、しみじみゾーッとするような……ああ……そうねえ、どちらかというと、恨みのこもった顔の鬼を焼く人でした。それがいいと言って買い付けに来る人も多かったみたいだけど、あんなのが屋根に載っているのは、怖くていやだわ。夢に見そうで」

「そんなに怖い鬼だったんですか？　そう言われると、見てみたい気が……」

恵平が呟くと、およしなさいと言うように、お婆さんは頭《かぶり》を振った。

「息子さんが焼いていたのもそういう感じの鬼でしたよ。金賞をとったとか、清兵衛さんを超えたとか、絶賛されたこともありましたけど、でもね、ほら」

そこで言葉を切ってから、ひそひそ声で、

「まだお若いのに自殺なさったわけじゃないですか」と付け足した。

「鬼の祟《たた》りじゃないかと言う人までいたくらいです。私は、他人様《ひとさま》の不幸をそんなふうに言うつもりはありませんけど。でも、自殺の原因だってわからないんですから」

「金賞を取ったことのプレッシャーとかじゃないんですか？」

「そんなことありませんよ」

　お婆さんは即座に答えた。

「急に離れを増築したり、お弟子さんになりたい人が訪ねて来たりで、それなりに羽振りもよかったんですから。でも、あのお家《うち》はなんというか……特殊でしょう？　私はここへ嫁いできて五十年近くになりますけどね、あのお家には女性が住んでいないんですよ。男ばっかり。姑《しゅうとめ》の頃からそうでしたって」

「女性がいないって、どういう意味です？」

　お婆さんはもはや平野ではなく、恵平を見て話している。

「女は不浄と思われていたからですよ。今どきのお若い方は知らないかしら？　月に一度血を流すので、神聖な場所へ入ることが許されなかった時代があるのよ」

「失礼な時代ですね」

　なんとなく平野を睨《にら》むと、ばつが悪そうに平野は視線を逸《そ》らす。

「もともとあのお家は仏師というか、私がお嫁に来る前は、瓦じゃなくて仏像を彫っていたんです。そういうものを彫る時は、事前に水垢離《みずごり》をしたりして、体に神様をおろすんですって。瓦を焼き始めたのは清兵衛さんの頃からで、鬼を作ることに取り憑《つ》かれたみたいに、仏師の仕事はすっかりやめてしまったんです。清兵衛さんも結婚しませんでしたけど、もともとはお弟子さんだったのが養子になったんですよ。それで、清兵衛さんの頃からは、お弟子さんを跡継ぎにするのではなくて、子供を養子にもらって来て、一から仕事を教えてましたよ？　亡くなった息子さんがもらわれてきたのは七歳の時で、お孫さんが来たのは八歳くらいの時だったのじゃないかしら。ヒロト君という……」

「清月さんじゃないんですか？」

「いいえ、ヒロト君よ。清月さんというのは本名じゃなくて、お仕事の名前です。亡くなった息子さんは、堂庵《どうあん》さんって名前を使ってましたよ。清兵衛を継ぐ前に死んでしまいましたけど」

「清兵衛は世襲制なんですね。なるほどねえ」

と平野が言う。刑事だと名乗っていないので、手帳にメモを取ったりはしない。

「そのヒロト君については、よくご存じですか」

喋《しゃべ》りすぎたと思ったのか、お婆さんは俯《うつむ》いた。

「ご存じというか、近所ですからね。そうはいっても堂庵さんの自殺騒ぎがあってからは、あの子もほとんど話さなくなっちゃって。清兵衛さんもショックだったんでしょ？　跡継ぎの堂庵さんが、ようやく賞を取るほどになったと思ったら死んじゃったから……こういうことを話すとあれですけど、堂庵さんが死んでからは、ヒロト君に随分厳しく当たっていたようですよ？　難しい美大へ進んだんだけど、いやになっちゃったんじゃないでしょうかね。もう瓦は焼かないで、彫刻家を目指しているって聞きましたけど、食べて行けているのか、いないのか」

「それでは、お家には今、清兵衛さんとヒロトさんがいるだけで、他に養子になった子供さんとかはいないんですか？」

お婆さんは首を傾げて、「いないと思いますよ」と言う。

「子供さんがいれば育成会の集まりに来ますしね。学校へ行くところだって見かけるはずですけど、そういう感じはないですもの。結局は、ヒロト君まで続かなかったんじゃないですか？　清兵衛窯は」

そうなのか。恵平は、揺れる梢《こずえ》に見え隠れする清兵衛窯の屋根を見上げた。窯の煙が立つわけでなく、彫刻の音が聞こえてくるわけでもない。

「もう一つだけ、教えてもらっていいですか」

立ち上がって、平野は訊いた。今度はお婆さんのほうが腰を屈《かが》めて見上げてくる。

「ご近所で、小中学校くらいの子供さんがいるお家があったら教えてください」

「あら、子供教材の勧誘だったの？」

お婆さんはそう言って、少し先にアパートがあるから、そこは小さな子供さんが多いわよと教えてくれた。

礼を言ってその場を離れ、平野はまた早足になってアパートのほうへ歩いて行く。

「待ってください。清兵衛窯へ行かないんですか？」

「行くよ。もう少ししてからな」

平野は時間をチラリと確認した。

「小さい子は午後になると昼寝しちゃうだろ？　だから、昼飯前が狙い目なんだよ」

わけのわからないことを言う。

「子供教材の販売員に見えるんだとさ。俺たちは」

先で道は行き止まりになっていて、幼児用の乗用玩具《がんぐ》を足で漕《こ》いで遊ぶ子供たちの姿が見えた。そばで若いお母さんたちが立ち話をしている。車通りがほとんどないから、アパートの周囲が遊び場になっているようだ。

「あそこだ。行くぞ」

平野はさらに早足になった。

「どうも。おはようございます」

彼は井戸端会議中の母親たちに近づくと、今度はサッと警察手帳を提示した。細かくは名乗らずに、「ちょっとお話を聞かせてください」と言う。

母親たちは頷《うなず》いた。

「このあたりで不審者が出たというような情報をご存じないですか」

刑事らしく訊《たず》ねると、彼女たちは互いに顔を見合わせた。

そのうちの一人がスマホを出して、学校から送信される不審者情報を確認する。

「タカノさんのところは、上にお姉ちゃんがいるものねえ」一人が言うと、

「そうなのよ。ちょっと待ってくださいね」

タカノさんはそう言って、

「どのくらいの間のことを聞いてます？　ここ数日はないですね」と答える。

「変な噂を耳にしたとか、小動物の虐待について聞いたとか、ないですか」

ある？　と互いに聞き合いながら、母親たちは頭を振った。

ママー、この人だーれー？　と、足下で子供が騒ぐ。母親の一人がかがみ込み、静かにね、と唇の前に人差し指を立てる。子供はまた、子供同士で遊び始めた。

「このあたりは比較的お年寄りが多いので、日中でも誰かが道にいるから不審者の話はほとんど聞きません。車もあまり入って来ないし、通るのは住人だけですし」

「そういう意味では安心よねえ」

「そうよねえ」

「見慣れない男の子を見かけたとか、そういうこともないですか？」

母親たちはまた顔を見合わせた。

「ちょっとわかりませんけれど。男の子がどうかしたんですか？」

逆に訊《き》かれて、平野は「いえ。ありがとうございました」と頭を下げる。

結局何一つ喋らないまま、恵平も頭を下げて踵《きびす》を返した。

「ほら……あの事件じゃないの？　男の子が殺された……」

その場を去るとき、背中でひそひそ声がした。

「付近で動物の虐待事件や、不審者情報は出ていない。と」

母親たちに聞き込みをしたのも被疑者を絞り込むためだったようで、平野は残念そうに呟《つぶや》いた。

「どうして今度は警察手帳を出したんですか？」

彼女らの姿が見えなくなってから、恵平は平野に訊いてみた。

「その方が聞き込みが早いからさ」

「じゃ、どうしてお婆さんと話したときは、警察だって名乗らなかったんですか？」

「不審者情報なんていう、どこにでも転がっていそうな話はともかく、固有名詞を出して話を聞いて、清兵衛窯に迷惑がかかったら困るだろうが。刑事が聞き込みに来たなんて思われてみろ。俺たちのせいで犯人扱いされたら」

「だって、どうみても犯人じゃないですか。銀色のワゴン車に乗っていたって」

「あのな」

平野は足を止め、振り返って恵平を見下ろした。

「俺たちはスーパーマンじゃねえって言ったろうが。怪しい即犯人だって決めつけるなよ。そうでなくとも警察官のバッジには威力があるんだ。それをビラビラひけらかして、その結果、善意の第三者を傷つけることだってあるんだよ。覚えとけ」

警察官も人間だから、当然ながら間違いはあるし、性急に犯人と決めつけるなと言うのはよくわかる。でも、彼が被疑者であることはもう間違いないじゃないかと恵平は思う。オフィーリアと題したあの彫刻、防犯カメラに映されたシルバーのワゴン車と白木の箱。荷台に積まれていたという鬼瓦《おにがわら》。そして、清兵衛窯は元々祭礼用の面打ちに関わっていたかもしれない仏師であったというお婆さんの証言。これだけカードがそろっているのに、どうして遠慮をするのだろう。

「それじゃ、これからどうするんですか」

「証拠を見つけるのさ。それから任意で聴取する。河島班長たちが今、車でこっちへ向かってるからな。班長たちと合流してから、指示を仰ぐことになる。行くぞ」

平野と恵平は再び山際の清兵衛窯へ歩いて行った。

タクシーを降りてから二時間近くも経っただろうか。群れていた大きな鳥の姿はなくて、真っ黒なカラスが飛んでいる。山の中から飛び立って来て、空を旋回しながら、また森に帰っていく。時々カアカア鳴いてはいるが、不気味というより長閑《のどか》な感じだ。

「平野刑事、あれを見てください」

そのカラスの下の方で、白い煙が一筋上がった。

「焚《た》き火《び》でしょうか。野焼きかな」

平野は足を止めて首を伸ばした。煙は清兵衛窯の敷地で上がり、次第に黒っぽく色を変えた。よく見ると、煙の筋は二つある。

「窯焼きはもう、やっていないと言ってましたよね」

「そうだな……」

言い捨てて平野が走り出す。恵平も後を追いかけた。梢に止まっていたカラスたちが、煙に燻《いぶ》されて宙を舞う。煙は次第に太くなり、もうもうと黒く立ち上り始めた。

「火事ですか？」

「火が見えないから違うと思う。あと、火事にしては煙が細い」

坂を上がり切ると、石積みで補強した敷地があって、階段を上った先に門があり、清兵衛窯と書かれた扁額《へんがく》が取り付けられていた。石積みの脇はスロープになっていて、そこにシルバーのワゴン車が駐《と》まっている。

「車がありますっ」

恵平が言う。

「あと、煙。何を燃やしているんでしょうか。まさか、何かの証拠とか」

「くそ」

平野は吐き捨て、スマホを出してどこかへ掛けた。

「班長、まだですか？　清兵衛窯に着いたんですが、庭で何かを燃やしています。いえ、火事じゃないと思うんですよね。あと、当該車両を発見しました。ナンバーは、横浜588、い、〇〇〇〇……間違いないスか？」

河島班長から応答されると、平野は恵平に「ビンゴ！」と叫んだ。

目の前のワゴン車が防犯カメラに映っていたワゴン車のナンバーと一致したのだ。

その時、突然、どこかですさまじい奇声が上がった。

「わあぁあぁああー っ!」

それは少年ではなく大人の声で、悲鳴のようにも聞きとれた。恵平は弾《はじ》かれたように体を動かし、ワゴン車と生け垣の狭い隙間に突っ込んだ。

「うわバカ! ケッペー!」

平野が腕を掴《つか》もうとしたが時既に遅く、恵平は細い体を斜めにして隙間をぐいぐい進んでいく。体がつかえると器用に肩の関節を外し、ついにワゴン車の奥まで抜けると、跳ねるように走りながら建物の敷地へ入って行ってしまった。

「軟体動物かよ……」

平野は妙に感心し、そして、

「見習いが暴走しました。早いとこ来てください」

スマホに言い終えないうちに、恵平を追って生け垣の隙間に突っ込んだ。だが、スーツの下に様々な品を携帯している平野の動きは、恵平のそれにはかなわない。

「わあぁーっ、あぁああーっ!」

叫び声はまたもや聞こえた。

「どうしました？　大丈夫ですか！」

ワゴン車が駐まっているスロープは、その先で竹の生け垣に封鎖されていた。

恵平は生け垣を摑んで首を伸ばし、庭に向かって叫んでみた。

奥では煙が上がり続けているが、恵平が大声で叫ぶと、ふっつりと奇声が止んだ。

恵平はさっそく竹垣に片足をかけた。強引に生け垣を乗り越えようとするのを、ようやく追いついてきた平野が引き留める。

「バカ！　俺の命令を聞けと言ったろ」

「でも……」

すると。

茫々《ぼうぼう》と荒れ果てた庭の奥から、草履を引きずるような音がしてきた。恵平の腕を摑んだ平野の手がピクリと動く。彼は恵平を解放し、パッパと上着の皺《しわ》を伸ばした。

現れたのは、三十を超えたくらいの男だった。よれよれで暗い色のシャツを着て、だぶだぶのズボンを穿《は》いて、裸足《はだし》にサンダル履き、めくり上げた袖《そで》は垢《あか》で黒光りして、肩のあたりまで髪が伸び、顔は無精ひげに覆われて、両目が炯々《けいけい》と光っていた。

恵平は、これほど小汚い男を見たことがなかった。彼が防犯カメラの男だろうか。映像で見たときは、もっと普通の人に思えたが。

「何か……？」

死んだ魚のような目で男は訊いた。

「何かって……大丈夫ですか？　通りかかったら変な声が。それに、煙……」

「ああ……」

男はその場を動きもせずに、小鼻の脇に皺を寄せて笑った。

「声を出したのはぼくですよ。思い通りにならないと、つい、ああやって叫んでしまう。もう大丈夫ですから、お引き取りください」

そう言って男が踵《きびす》を返そうとするのを、無言で思案していた平野が留《とど》める。

「あなた、津守清月さんですよね？　オフィーリアという彫刻の」

その瞬間の男の顔を、どう理解すればいいのだろう。

平野はただ訊《き》いただけなのに、彼は一瞬、雷に打たれたかのように顔をしかめた。ゆるく握った拳《こぶし》が震えて、何度か口をパクパクさせた。

追い打ちをかけるように平野が言う。

「津守清兵衛さんに訊きたいことがあって来たのです。自分は丸の内西署の平野と言います」

警察手帳をチラリと見せると、男は平野の胸元にじっと視線を注いでくる。警察手帳をしまっても、その場所から目を離そうとしない。ねちっこく、絡みつくような視線であった。

「名工と謳《うた》われた清兵衛さんも、長く瓦を焼いていないと聞きましたがね。あの煙は窯ですか？　火入れしている最中でしたら、作業しながらでもかまいませんので、ちょっとお話を聞かせてください」

そう言うと、平野は図々《ずうずう》しくも竹の生け垣を乗り越えるそぶりで片足を振り上げた。

「いや！」

と、男は鋭く吠《ほ》えて、

「……入るなら、きちんと門を通ってください」

扁額を掲げた門の方を指さした。その指が震えている。ものすごい勢いでブルブル、ブルブルと。それなのに、彼は震えを隠そうとすらしない。

平野と恵平は再びスロープを下りて道路に戻り、石積みの間にある石の階段を上り直した。内部は和風の庭園だったが、長く手入れがされていないらしく、荒れ放題に荒れ果てていた。人影はなく、不気味に静まり返っている。

「ごめんください。お邪魔します」

わざと大声で呼ばわってから、平野は後ろ手で、恵平に下がれと指示した。

「おまえは後ろに下がってろ。班長たちが間もなく着くから」

そう言って前に出ると、平野は再び、

「清月さん？　津守さーん？　入りますよー」

と呼びかけた。

ところが、こそりとも物音がしないのだ。スロープと門はそれほど離れていないのだし、彼があの場所から引き返すのはスロープを下りて来た二人より早いはずだ。

「津守さーん」

言いながら、平野は先に門をくぐった。

好き放題に伸びた植え込みが両脇から迫る中、玉砂利を敷き詰めた地面に黒い飛び石が置かれている。かつてはそれなりに見栄えのするアプローチだったのだろうが、今では生え出た雑草と、我が物顔に枝を伸ばす灌木《かんぼく》をかき分けなければ進めない。飛び石の先にあるのは平屋の母屋で、脇にあるのが二つの離れ、奥がまた庭になっていて、土まんじゅうを二つ重ねたような形の窯が見えた。窯は両端に一つずつの穴を持ち、そこからモクモクと黒い煙を吐き出している。その窯のはるか上には青いトタンの屋根があり、煙は屋根の下を通って両脇から天に吹き出している。とても異様な臭いがしていた。

「津守さーん。清月さん？」

平野の声が緊張している。たった今まで目の前にいた男が、しかもあんな風貌《ふうぼう》をした人物が、どこかへ消えてしまったというのが不気味でならない。

「どうしたんでしょうね」

恵平は平野にささやいてみたが、平野は尻《しり》のあたりに手を置いて、しっしと恵平を追い払う。それからスーツの背中に右手を入れて、一歩、また一歩と飛び石を踏んでいく。平野は伸縮性の特殊警棒を携帯しているのだろうか。それとも丸腰なのだろうか。そんなことを考えながらも、灌木の間に、恵平は独り残された。

カア、カア、カア……

山でカラスが鳴いている。それ以外に聞こえるものは、平野が玉砂利を踏む音だけだ。男はどこへ消えたのか。そう思ったとき、恵平は急に恐ろしくなった。逮捕術も剣道も、柔道も習って来たけれど、それらはもちろん実戦じゃない。相手は仲間の警察官で、殺人者では決してないのだ。大先輩の柏村に聞かされた、水槽に入った少年の話が思い出されて、恵平の心臓は躍り始めた。

あの犯人も、母親に異常を見抜かれていた。母は主治医に相談し、主治医は警察に相談していた。それでも事件は防げなかった。犯行の予兆はあったというのに。

ならば、今見た男の異様さも、予兆とは言えないだろうか。男は刑事がなぜ訪ねて来たか知っているはずだ。だって、ロッカーに置いた少年の死体を見つけられてしまったのだから。お守りに力をもらおうと、懐に手を入れたとき、

「津守さーんっ？」

平野が威嚇するような声を出し、なぜかお守りが地面に落ちた。拾おうと体を屈《かが》めたその瞬間、恵平の頭上を激しく横風がよぎった。

「恵平っ！」

振り向いて平野が叫ぶ。刹那《せつな》再び何かがよぎり、すんでの所でそれをかわすと、次には脳天めがけて鉄の塊が振り下ろされた。恵平は灌木の隙間に転がり込むや、反射的に足を蹴《け》り上げた。靴先が何かに当たり、相手がよろめく。恵平は見た。清月が、鉈《なた》を振り上げて襲ってくるのを。

「野郎ーっ！」

怒号とともに平野が男に飛びかかり、二つの影は重なり合って向こうに倒れた。

「先輩っ！」

恵平は海老《えび》のように跳ね起きて、今しも平野の背中に振り下ろされようとしている鉈を蹴り飛ばした。暴漢の片腕を摑《つか》んだ平野が相手の体を裏返すと、すかさず、しか

も容赦なく、恵平は両膝《りょうひざ》で男の背骨を踏みつけた。

「ぎゃーあああああああーっ！」

清月は鬼のような奇声を上げて暴れたが、背骨を踏みつけられているので、逃げることも、立つこともできない。平野はその腕を捻《ね》じ上げて、手錠を掛けた。

「てめえ、このやろ、公務執行妨害および殺人未遂の現行犯で逮捕する」

平野は先輩警察官らしく、

「時間だ！　ケッペー、逮捕時間を読み上げろ、あと権利もだ」

と指図した。


清月こと津守寛人《ひろと》三十四歳は、現行犯逮捕されても暴れ続けることを止めなかった。その体力と持続力は凄《すさ》まじく、まさしく鬼神が乗り移ったごときであった。

結局、平野も恵平も、河島班長らが車で駆けつけるまで彼のそばを離れることすらできなかった。押さえる手を弛《ゆる》めれば即座に立ち上がって、後ろ手に手錠を掛けられたまま、どこかへ逃亡しそうな勢いだったからだ。彼は恵平を背中に乗せたまま、肩と顎《あご》で地面を這《は》って進もうとさえした。その向かうところは母屋であり、そこに何があるのかと、平野が訊いても答えなかった。

恵平らが現地の聞き込みをしている間に、捜査本部は逮捕状の請求を進めていたのだと、現場に駆けつけて来た河島班長は語った。駅の地下通路に置かれていた台車のひとつに桐のくずが付いていて、成分を調べた結果、少年を入れた木箱の桐と一致したとも話してくれた。

わめき続ける清月を立たせ、ようやく車に乗せた後、さらに暴れる彼の両脇には、警視庁の刑事と丸の内西署のベテラン刑事が張り付いた。ざっとした逮捕の手続きがあるのだが、それは二人のベテランに任せて、河島班長は神奈川県鎌倉警察署の鈴木刑事に連絡をして、急遽《きゅうきょ》応援を要請した。

「大丈夫だったか？　堀北」

電話を切って河島が訊《き》く。

未《いま》だ興奮冷めやらぬ恵平は、震える手のひらにお守りを握りしめていた。これを拾おうとしなかったなら、今頃自分の脳天は、バックリ二つに割れていたはずだ。それを思うと、恐ろしくて腰が抜けそうだったけれど、心臓が躍りまくって、しゃがむことさえできなかった。

「はい。大丈夫です」

と、答えたものの、ちっとも大丈夫ではないとわかってもいた。せめて失禁しなくてよかったと、恵平は本気で思った。平野も血走った目をしていたが、さすがに恵平よりは落ち着いていて、こう言った。

「班長、中へ入りましょう。まだ二名、子供の行方がわかってないんで。それと、あの窯です」

「うむ」

河島は先《ま》ず、納屋に置かれていた木材とトタンを拾い上げ、平野と協力して窯の煙突を塞《ふさ》いだ。炎を急に消すことはできないが、酸素の取り入れ口を遮断された窯の内部は燻《くすぶ》り始めて、燃え切ることなく鎮火するはずだ。

次に三人は玄関へ向かった。

「爺《じい》さんには会ったのか？」

河島が平野に訊く。

「九十九歳になるという鬼師の爺さんがいるはずだよな？　防犯カメラに映っていた、車椅子の爺さんが。東京駅で車椅子に乗っていたのは爺さんだろう？　会ったのか」

「いや、まだです。ここへ着いたら奇声が聞こえて、声を掛けたらあいつが出てきたんで。用件を話したら、門から入って来いというので、正面に回ったら、いきなり鉈で襲いかかって来やがって」

平野は恵平をチラリと見てから、
「ジェイソンかと思いましたよ」と、ため息をつく。
本当に平野が言うとおりだ。たとえ凶悪犯罪者でも、あんなふうに突然豹変《ひょうへん》すると
は思わなかった。恵平は藤原少年の脳天にバックリ開いていた傷を思い出した。彼も
たぶん、悲鳴を上げる間もなく頭をかち割られてしまったのだろう。
「ごめんください」
一言声を掛けてから、河島は母屋の玄関を開けた。もちろん手には手袋をしている。
平野も手袋をしているが、恵平は備えがないのでポケットに両手を入れて、どこにも
触るなと言い渡された。
外でまだ犯人が叫んでいるので、家の中の静けさが一層不気味に思われる。内部か
らは和風建築の匂いがして、埃《ほこり》や、木や、家具や土壁がひっそりと香る。室内の空気
はよどんで重く、寂れたお寺のような雰囲気がある。
「津守さん？　津守清兵衛さん」
玄関は整然としていた。埃の積もった三和土《たたき》には、靴もない。草履もない。
けれど半開きになった下駄箱《げたばこ》の中には子供用のスニーカーが置かれていた。二足と
半ある。二足はそれぞれ揃っているが、一足は片方だけであり、微《かす》かに血で汚れてい

る。半開きの下駄箱を開けてみると、まだ新しいスニーカーが一足あった。かぎ裂《ざ》きの傷が斜めに走っている靴だ。ペイさんが見たという可哀想な靴。あの日、少年の箱を隠そうとして、業者の工具箱を蹴った証拠の靴だ。恵平はゴクリと唾《つば》を吞《の》む。

河島は平野に目配せすると、靴の上から靴カバーを履いた。

「ほら」

靴カバーは数枚がワンセットになっているらしく、平野が自分の分から分けてくれる。官給の革靴の上にそれを履き、恵平はポケットに手を入れたまま二人について廊下に上がった。

何もない殺風景な屋内だった。玄関を入ってすぐが応接間で、神棚の脇にずらりと面が並んでいる。

「面です。お面が……」

仏なのか観音《かんのん》なのか如来なのか、恵平にはその差がわからないものの、彩色を施された面の多くは鬼ではなく、菩薩《ぼさつ》のような顔をしていた。半眼になった目は一部分に穴が開き、薄く開いた口に歯が並び、微笑むような顔が不気味であった。

「鬼はいませんね。異形も、あと、爺も、阿亀も」

「元々仏師の家だったというから、先祖が彫った面なのかもな」

無人の応接を出て廊下を進む。

「清兵衛さん？　警察です」

河島は声をかけ続けたが、どこからも返事はない。そのうち恵平は気がついた。

「平野刑事」

呼びかけると平野も「むう」と答える。河島もまた、気がついたようだった。

「ナルドの香油か？」

と、二人に呟《つぶや》く。

衝撃の死体遺棄現場に遭遇したあの夜から、記憶と深く結びついて忘れ得ぬ匂いとなったスパイクナード。どこからか、同じ匂いが漂って来る。

「誰かいるのか？　警察だ。もう大丈夫だぞ！」

河島は明らかに少年たちに向けて叫んでいるが、足を止めて耳をそばだてても反応はない。閉め切った障子に手を掛けて、ひき開けると、そこは十二畳ほどもある座敷であった。片隅に文机《ふづくえ》、中央にテーブル、使われた形跡のない座布団がいくつかあるが、それ以外は何もない。この家には、生活感がまったくないのだ。

河島は平野に向けて顎をしゃくった。すべての部屋を確認しろと言ったのだ。

「ハンカチ持ってるよな？」

平野もまた恵平に言う。

「それを使って開けていけ。絶対どこにも触るなよ」

「はい」

平野は顎で、水回りをチェックしろと指図した。

恵平は洗面所らしき場所へ向かった。

背後では、河島と平野が襖《ふすま》や押し入れを開けていく音がする。

――警察官。私は警察官なんだから……――

負けるものかと自分を奮い立たせて洗面所の前に立つ。清兵衛が車椅子を使っているからか、洗面所の扉は引き戸になっている。そのわりに床に段差があって、バリアフリーではないらしい。平野に言われたとおり、ハンカチで引き戸の取っ手を摑《つか》んで、恵平はガラリと開けた。そしてその場に凍り付いた。悲鳴を上げそうになったけれど、必死にこらえ、目にしたものをよく見つめ、二度ほど浅い呼吸をした。それでも、見たものが何を表しているかは誤魔化しようもなく、それを認めてしまったとたん、感電したかのように恐怖に打たれた。

「ひひ、ひーっ、ひらっ、ひらの、刑事ーっ！」

誰が出したかわからないような声が出た。

平野はすぐに飛んで来て、中を見るなり河島を呼んだ。

「これは……」

河島も絶句する。

引き戸の中は洗面所兼脱衣所だったが、そこには複数の服や下着が、バラバラに裂かれて散らばっていた。激しいスパイクナードの香りもまた、奥の風呂場《ふろば》から臭っていた。切り裂かれた服や下着はどれもベットリ血を吸って、床にこすれたような血の跡がある。服は一人ではなく、複数人のものと思われた。恵平は震え上がった。

「ここで服を剝《は》ぎ取って、体をきれいに洗ったんだ」

平野が呟く。怒り心頭に発するという声で。

そして容赦なく浴室のドアを開けた。

恵平は思わず顔を背《そむ》けた。が、恐る恐る視線を戻すと、浴室内は比較的きれいなものだった。置かれていたのはシャンプーでも洗面器でも体を洗うブラシでもなく、素焼きの瓶に入った香油がひとつ。

チャン……ポチャン……蛇口から垂れる水音が薄気味悪い。

「うう……なんてヤツだ……ああっ、そうかっ、くそっ！」

片手でドアを押さえていた平野が、突然大きな声を出す。

「どうしたんですか」

「窯、窯だよ、あの野郎……もしかして……」

河島も平野も恵平も、同時に庭の方を見た。証拠隠滅のために燃やされているのが少年たちの体だとしても、今はどうすることもできはしない。衣類に付いた血は既にかたまっているし、この出血の量からして、助かっているとは思えない。何より犯人は衣服を切り裂き、彼らを裸にして洗ったのだ。生きているはずがないではないか。そうして、たぶん……

「ここじゃなくて、離れじゃないですか？　もし清兵衛さんがいるとして、離れか、それか、仕事場か」

平野と河島は素早く母屋を飛び出した。

恵平も後を追い、開け放ったままの玄関を出たとき、犯人を乗せた車のほうから、雄叫《おたけ》びのような声がまだ聞こえていた。静かな住宅地に響き渡る怒号に、近所の人たちが集まりだしている。遠くパトカーのサイレンが聞こえ、空気は棘《とげ》のようにささくれだって、頭上でせせら笑うようにカラスが鳴いた。それともあれは、鬼が鳴く声だろうか。

荒れた庭を走る二人に続いて、恵平も離れへ向かう。

空気の口を塞《ふさ》がれた窯はもはやブスブスと燻《くすぶ》るばかりで、嗅《か》いだことのない嫌な臭いがあたりにしていた。何の臭いかと考えるだけで吐きそうになる。恵平は窯の方を見ないようにして、平野の足下だけを追いかけた。

二つの離れはそれぞれに、使用する人物が違うらしい。どちらも鍵《かぎ》が掛かっておらず、片方は玄関が開きっぱなしで、土間のような作業場にたくさんの木材が置かれていた。もう片方の玄関は閉ざされて、河島がそれをひき開けると、三和土に土の袋が積まれていた。河島は土の離れへ、平野は木の離れへ飛び込んで行く。ほんの一瞬迷ってから、恵平は平野に続いた。離れの造りは住宅用とは一線を画して、完全なる作業場だった。倉庫のような構造で、内部はフラットな一部屋だ。木材やシート、斧《おの》に鉈《なた》、ちょうなに木槌《きづち》、大量の木片、そういうものが散乱し、作業用のテーブルが一つ、イスが一つ、床にあるのは座布団や丸太、たくさんのスケッチ、厚紙を切った型紙、カンバス、薄紙にコンテ……そして、上にひとつずつ面を載せた白木の箱が七つ、丁寧に並べて置かれてあった。

作業場は一面が窓になっている。そこから入る斜めの光が白木の箱に当たって、棺《かん》桶《おけ》が並んでいるように思われた。悼むために置かれる花束の代わりに、別々の面が一つずつ、蓋《ふた》の上に載っているのだ。

平野も恵平も息を呑《の》んだ。

恵平は平野のすぐ後ろにいたが、深い呼吸とともに彼の肩が上下するのを見続けていた。どうするんですかと訊《き》く前に、平野はツカツカと箱の前まで進んで行き、手袋をはめた手で面を摑むと、それを床に放り投げ、両手で箱の蓋を外した。手伝わなきゃと思うのに、恵平は体が動かない。平野が箱の中を見下ろす瞬間を、ただ後ろから見つめるばかりだ。

平野は次の箱の前にゆき、今度は面を床に置いた。蓋を開け、次へ行く。

「平野先輩……」

恵平はようやく声を振り絞ったが、両足が床に張り付いてしまったかのように、ピクリとも動けなかった。凍りついて立ったまま、平野が七つの箱を開けていくのを見守っている。すべての箱を確認すると、平野はようやく恵平を振り返って、

「空だ」

と、言った。そして大きく息を吐いた。

ただそれだけのことなのに、恵平はカクンと床に座った。腰が抜けたようだった。

少し先に平野が置いた面がある。

「烏天狗……福禄寿……阿亀に火吹男……あとは、よくわからない」

七つの面はそれぞれに、精悍《せいかん》な顔、神々しい顔、福々しい顔、滑稽《こっけい》な顔をしていた。見ているだけで、五穀豊穣《ほうじょう》を喜び、平穏を言祝《ことほ》ぎ、祭礼の賑《にぎ》やかさと目出度《めでた》さに胸躍らせる民衆の姿が目に浮かぶような出来だった。間違いなくこのうちの一つが、藤原少年の顔にかぶせられていたのだろう。そして他の二人の少年の顔にも。

それが証拠に面は七つ。箱と同じで七つしかない。

それとは別に、室内には様々な木彫作品が並んでいたが、多くは妖艶《ようえん》な雰囲気をまとっていて、七つの面の作者とは明らかに違う出来だった。

パンフレットの写真だけで息を呑んだ『オフィーリア』は、何もない壁に飾られていた。七つの箱を見下ろすように。

その下には足台に載せた一枚板があり、板をテーブル代わりにして、御幣《ごへい》と真榊《まさかき》が飾られていた。そして明らかに作者の違う真新しい面が三面、白絹に綿を入れた小さなクッションの上に置かれていた。ひとつは爺、ひとつは鬼、そしてもう一つが、打ち掛けの異形の面である。あまりに端正で、あまりに美しく、そして不気味な顔をしていた。

「平野ーっ！　ちょっと来いっ」

混乱する頭の中を整理する暇もなく、河島班長の声がした。

室内を見渡していた平野が、恵平に訊く。

「大丈夫か？」

「はい」

恵平が立ち上がるのを見届けて、平野は離れを出ていった。

腰が抜けたのは一瞬で、恵平は自分の力で立ち上がる。どこにも触れるなと言われていたのに、しゃがんだ拍子にズボンに木くずがついてしまった。これは払った方がいいのだろうか。それとも自分が払ったことで、鑑識作業に影響してしまうだろうか。些細《ささい》なことが気になって、グルグルグルと頭の中を巡っている。彼女はハンカチで木くずを払い、平野を追って次の離れへ出ていった。その頃になるとパトカーのサイレンはけたたましいまでになっていた。叫び続けていたあいつの声も聞こえない。

土の離れへ入ろうとして、もしもまだ体に木くずがあったら、持ち込むのはマズイと考えた。恵平は玄関を入らず、庭を回って離れの窓から内部を覗《のぞ》いた。

造りはどちらも似た感じだった。ただしこちらの離れは整然として、いくつかの作業台、プラスチックのケース、火入れ前の鬼瓦《おにがわら》が置かれた棚や、バケツ、各種の道具などが、広いスペースにゆったりと置かれていた。ビニールを敷いた作業台には作りかけの鬼瓦が載っていて、すでに粘土がひび割れているから、作業を中断したまま相当の時間が経っているようだった。

その奥に平野と河島が立って、車椅子の人物を見下ろしている。二人の体の陰で清兵衛の姿は見えないが、両足をくるんだ膝掛《ひざか》けが見える。

平野が入口を気にしているので、恵平はハンカチを指に巻き、コンコンと窓を叩《たた》いてみた。平野と河島が振り向いて、そのとき清兵衛の姿が見えた。

刑事の仕事はどれだけ心臓に悪いのか。恵平は驚愕《きょうがく》のあまり悲鳴ひとつ絞り出すことができなかった。

車椅子に掛けた清兵衛は、すでにミイラと化していた。下顎骨《かがくこつ》がずり落ちて、大きく開いた口は空洞のようで、灰色のピンポン球のようになった眼は黒目の部分に穴が開き、髪はまばらに抜け落ちて、両手は干物のようだった。眉間《みけん》にざっくり開いた傷はたぶん、鉈の跡だ。着ているガウンは血を吸って黒く、それなのに、いたわるように真新しい膝掛けを掛けられている。恵平は再び地面に尻餅《しりもち》をつき、今度こそ耐えきれずにその場に吐いた。パトカーのサイレンが止まり、大勢の足音がする。ささくれて痛いほどの空気がまた動き出し、慌ただしい捜査班の気配がしていた。

梢《こずえ》を揺らして鳥が飛び立ち、ギャアギャアとけたたましい声がする。涙目になって見上げると、それはカラスではなくて、青く美しい鳥の群れだった。黒い頭に青い羽、長い尾を持つ綺麗《きれい》な鳥は、信じられないほど耳障りな声で鳴きながら、山の方へ飛んで行く。

恵平は幾度も生唾《なまつば》を吐きながら、失われた少年たちのことを考えた。自分は彼らを救えなかった。事件を未然に防げなかった。それでも、これから七つの箱に入れられるはずだった誰かの命は守れたろうか。そうであってくれればいいと。


八代目津守清兵衛こと津守寛人の身柄が丸の内西署へ送られて来たとき、恵平は東京駅おもて交番の正面に立って、道案内の職務に就いていた。現代的で美しい光景を目の前にして様々な人と慌ただしく接していると、平野の後にくっついて飛び回っていた日のことが夢のように思われた。わずか前の現実が遠い昔に思えてしまうのは、人に備わる不思議な力のせいだと洞田巡査長が教えてくれた。そうでなければ潰《つぶ》れてしまう。そうでなければ、人を信じる警察官はできないのだと。

勤務を終えて翌日が非番という時に、恵平は平野の電話を受けた。あれから平野は交番の固定電話ではなく、恵平の携帯に直接掛けてくるようになったのだ。

「お疲れ様です。堀北です」

電話に出ると、「今夜暇か？」と平野は訊く。

「基本的に、堀北はいつも暇です。また防犯カメラのチェックですか？　お手伝いしますよ」

本心からそう言うと、

「バーカ、そうじゃねえよ」

と、平野は笑う。

「例の事件では世話になったからな。晩飯おごるけど、食いに行くか？」

「マジですか？」

恵平は少し考えてから、

「行きます、行きます」

と、平野に答えた。初めてのお手伝いが事件解決に役立てたのかどうかはわからない。そして恵平自身は今も事件のショックを深く引きずっているのだけれど、ここはひとつ平野に付き合うべきだと思った。

柏村は言った。ならば事件を解決なさいと。

――悪意は人に感染するものだし、警官は常に悪意と接するからね。そうでなくとも、不意打ちを食らうとダメージは大きい。だから事件は解決させて、解決できるものだということを自分自身に教え込まなきゃならんのだ。そうでなければ人を信用できなくなるし、人を信用できなくなれば、警察官ではいられない——

警察官を続けていくのなら、こんな時にも人を信用できる自分でいたい。

「じゃ、『ダミちゃん』予約しといてくれよ。カウンターじゃなく外の席な」

「え、せっかくおごりなのにダミちゃんですか？　丸の内あたりのオシャレな」

「前言撤回するぞコラ」

「すぐに予約しておきます！」


本署で着替えてまた駅前に戻り、通路に置かれたビールケースの席で平野と会った。何を頼んでもいいというので、焼き鳥を何串《なんくし》も頼み、お疲れ様でしたとビールで乾杯したあとに、平野はその後の顚末《てんまつ》を話してくれた。

あの日、空気を遮断して火を消した窯からは、やはり子供二人の遺体が出たという。

検視の結果、九十九歳だと言われた清兵衛が死んだのは十年近くも前で、遺体はすっかりミイラ化していたが、清月は清兵衛の遺体に食事を運び、しかも、ロッカーに藤原少年の遺体を隠したあのときも、遺体を車椅子に乗せて連れ歩いていたことがわかったという。

「山川巡査が事故処理に行って車内を見たとき、助手席にはミイラが乗っていたって ことになる。そのとき助手席を見ていたら……いや。時間的に見ても、三人の少年を救うことは出来なかったんだけどな」

飲みかけのビールを前にして、平野は言った。悔しそうな声だった。

「どうしてそんなことをしたんでしょう。わざわざ車に乗せて？　こんなに人が大勢いるのに」

「生前、清兵衛はこっちの病院へ通っていた。ヤツはその送り迎えをしていたんだよ。病院で話を聞いたが、孫が甲斐甲斐《かいがい》しく世話していたというよりは、使用人のような扱いだったと言ってたな」

「だから彼を殺したんでしょうか。殺したのに、なぜ、連れ歩いていた？」

平野はビールを一口飲んで、スマホを出した。

「津守寛人に関しては、精神鑑定が必要だろうと思う。あいつの父親……ていうか、誰も血がつながっていないんだから、兄弟子と言うのが正しいのかもしれねえけどさ、自殺したって聞いただろ？」

「はい」

金色の瓦《かわら》で賞を取った後、裏山で首を吊《つ》って死んだと話に聞いた。

平野はスマホのアプリを立ち上げながら、

「それってさ、ほぼ二十八年前なんだよな」ぽつりと言う。

「何が二十八年前なんですか？」

「もう忘れたのかよ。養護施設から二人の子供がいなくなったろ？」

「え、まさかそれも？」

「今となっては確かなことはわからない。でも、あれから家宅捜査をしてみたら、瓦の離れの床下から、粘土にする前の土が見つかってさ。二種類な」

「はい」

「おかしいだろ？　離れの入口には、あの騒ぎで土や材料が置かれてたってのに、なんで床下に隠してあるんだ」

恵平は、呑《の》もうとして手に持っていたビールをテーブルに戻した。

「科捜研へ持ち込んで成分分析に掛けたんだ。そうしたら」

「そうしたら？」

「炭素の成分が普通の土と違うんだってさ」

呑んだビールを戻しそうになる。

「それってつまり」

うん。と平野は頷《うなず》いて、

「芸術家のさ、狂気の沙汰《さた》ってヤツを見たのかなあ」

と言う。それから彼はスマホのアプリを立ち上げて、何枚かの写真を恵平に見せた。

「俺に見せてもらったって、誰にも言うなよ？」

「わかりました……ていうか、これって、『オフィーリア』の前に飾ってあったお面ですよね？　犯人が彫ったものですね？」

平野は頷いて、画像をスクロールした。三枚の面はあのときも見た。白木の箱に載っていた面とは違い、粘り着くような陰湿さを感じる面だった。美しすぎてゾッとする『オフィーリア』のように。

「偶然鑑識が気づいたんだよ。表はそれぞれ、爺、烏天狗、異形の面だ。ところが」

平野は面の裏側を写した写真を見せた。凹凸があるが、よくわからない。

「わからないか？」

訊《き》かれたので、肯定の意味で首を傾げた。

「だよな。ちょっと見ではわからない」

平野は恵平の顔色を窺《うかが》いながら、

「まだ大丈夫か」

と、恵平に訊いた。

「大丈夫って、なんですか？　私も警察官の端《はし》くれですから、真実を知りたいです。あの男がどうしてあんなことをしたのか。怖い理由だったとしても知りたいです。それを知る勇気を持ちたいです」

「よく言った」

と、平野は頷き、次には動画を呼び出した。

鑑識の部屋が映っている。トレーの上に小麦粉のような粉が大量に載せられて、手袋をした鑑識官が面を持つ手が映っている。

「なんですか？」恵平が訊くと、

「カタクリ粉」簡潔に平野が答える。

「見てろ」

山になったカタクリ粉に、静かに面が押しつけられる。その瞬間に表情が変わるのではないかと思うほど端正な面だ。しかし面は動かない。動くのは、面を持ち上げる鑑識官の腕だけだ。恵平は、

「あっ」

と叫んで、思わず自分の口を覆った。

面を押しつけられたカタクリ粉は、面の内側をそのまま立体に残している。そこに浮かび上がったのは、少年のデスマスクだった。閉じた瞼《まぶた》も、半開きの口も、みずみずしい頬もそのままだ。

「内側にも……顔が……？」

「そうだ。三つとも、面の内側には被害者のデスマスクが彫られていたんだよ」

平野はそそくさと動画を消した。通路の席を取れと言った理由はこれだったのか。

「どうしてそんな」

そして恵平は、少年の遺体が古い面をかぶっていたことを思い出した。白木の空箱がまだ七つ残されていたことも。

「ここから先は想像の域を出ないんだが」

スマホをポケットに入れて平野が言う。

「あの家は、ちょっと異常だったんじゃないかと思う。家族構成がとか、養子だからとか言っているんじゃないぞ？　改めて調べてみたら、初代清兵衛は仏師だったらしい。母屋に飾られていた面は、初代から始まり、何代目かまでが刻んだものだ。仏像は各所に納められているようで、出来の悪いものは一つも残さなかったという。試作品も含め一切な。ずっと神様を彫ってきたけど、神だけではなく鬼も彫るようになったのが三代目の頃。鬼師になったのは七代目で、鬼と仏を同格に作ることはできないと、彫り師をやめて鬼師になった」

「九十九歳と思われていた清兵衛も、殺されたんですよね？　あの男に」

「多分な。その頃、堂庵は既に自殺していたわけだから」

「じゃあ……二十八年前の事件を起こしたのは？」

「そっちのほうは堂庵だろうな。自殺の原因は、受賞のプレッシャーではなく」

「罪の意識？」

「堂庵亡き後、孫に対する清兵衛の仕打ちは、ものすごいものになっていったそうだ。清兵衛は堂庵が焼いた金の瓦をどうしても焼くことが出来なくて、その怒りをぶつけるように孫に当たったと美術協会の人が言ってたよ。親子ではなくライバルだったと。だから孫は瓦に行かずに、木彫に走ったんだろうと」

「金色を出せるはずなんてないのに。だって、その色は……」

少年の遺灰を混ぜた土が出した色だったのだ。魂の色。失われた命の色だったのだから。平野はまた頷いた。

「孫の清月は元来おとなしい性格だったようだ。男ばかりの家で育ったために、女が苦手でもあった。調べたら、藤佐喜流の舞踊会は見ていたようだ。賢人少年とも面識があった。海で声を掛けて連れ去ることが出来たのもそのせいだ。脱衣所にあった衣服には大人のサイズのものが含まれていた。水着の彼に着せた服だ。血液型が賢人君のものと一致している」

「あの男、自白したんですか？」

「したと言えばした。でもな、言ってることがよくわからねえ」

「よくわからないって？」

「殺したのではなく、生かしたのだと言っている。少年たちは神になったと。武士山八幡宮のあの職員な？ 彼に説明してもらったら、祭礼の面というものは、神を降ろして神になるためにかぶるんだとさ」

指先が冷たくなってきた。

「思うにヤツは堂庵の犯行を、子供の頃に目撃していたんじゃないのかな」

「目撃したって？ 二十八年前にですか？」

「そのときからずっと、堂庵の狂気に囚《とら》われ続けていたのかもな」

「はい、おまち〜っ」

言いながら、ダミさんが焼き鳥を運んで来た。そして、

「あれ、どうしちゃった？ 二人ともお通夜みたいな顔をして」

と二人に訊いた。

「死体遺棄事件が解決して、お手柄祝いじゃなかったの？　ほら、食べて食べて」

こちらの好みを訊きもせず、勝手にレモンを搾って七味をかける。

そしてダミさんはこう言った。

「犯人が手にかけたのって、一人だけじゃなかったんだってね？　あんたたちのおかげで次の犠牲者を救えたじゃない。ありがとさん」

ペコリと頭を下げると、平野はクールにこう言った。

「つかダミさん。土曜のバイトの言葉遣いになってんぞ」

「あらいやだ～ぁ」

と、ダミさんは言って、頼みもしない追加のビールを取りに戻った。

平野は飲みかけのビールジョッキを持って、恵平のジョッキにカチンと当てた。

「まあ、あれだ。初仕事にしては、よくやった」

ちょっとだけ微笑んで、残りのビールを一気に飲み干す。恵平もビールを飲んだが、またも胃からせり上がって来そうで、熱々の焼き鳥を食べて、強引に胃袋へ落とす。

ダミさんが勝手にかけてくれたレモンと七味がいい仕事をして、胸の澱《おり》が消えていくような気がした。なんだかんだでたらふく呑《の》んで、平野がお代を支払ったあと、今回の功労賞だった柏村にもお礼を言おうということになり、二人で交番へ向かったが、酔っ払っているせいなのか、それともまた工事で地下通路を迷ったのか、どこをどう通っても、柏村のところへ行き着くことが出来なかった。

「あー……まあ、今夜はやめとけって話だな」

ウロウロと歩き回ったあげくに平野が言った。

「行くたび酔っ払ってる刑事と、警官の卵ってのも、なんだかな」

言われてみればそうである。礼に行くならそれなりに、きちんと素面《しらふ》で行くべきだということになり、おもて交番が見える場所で、二人は別れた。

夜間照明に輝く駅前広場の木々は、いつの間にか少しだけ紅葉して、交番での研修期間も半月を過ぎようとしている。地域課の研修期間は二ヶ月だから、そう思うと時間の過ぎるのが早い。

――だからお願いです。犯人が誰か教えて下さい。できることは何でもしますから、あの子の無念を晴らさせてください――

そう駅舎にお願いしたのはいつだったろう。

ペイさん、メリーさん、柏村さん。賢人君の友人たちに、交流館の事務員さん、草取りをしていたお婆さんに、お母さんたち、あとは宝物館のいけ好かない職員さん……たくさんの人たちのおかげで犯人は捕まった。

恵平は広場に立って駅を見た。何度見上げても美しい駅だ。人差し指で鼻先をこすり、両手で服の皺《しわ》を伸ばして、彼女は駅舎に深く頭を下げた。

――ありがとう。犯人を捕まえました。ありがとう――

頭を上げて、歩き出す。一緒に活動し続けてくれた官給の革靴を、明日またペイさんに磨いてもらおうと考えながら。

エピローグ

　翌日は非番だったが、夜明けとともに目を覚まし、メモ帳を持って外へ出た。通り抜けのできない路地。通り抜け可能な路地。ゴミだらけになったビルの隙間や、早朝に清掃員のおばさんが綺麗《きれい》にしている自販機のまわり。テクテクと歩きながら、恵平は街を眺める。来たばかりの頃は、冷たくすまして見えた街だが、今は少しだけフレンドリーに思えてきた。知らない場所が知っている場所に変わりつつあるからだ。

　恵平はメリーさんのいる階段を目指していた。ここのところ忙しすぎて会えなかったけど、風邪は治っているだろうか。

　──面白いことを言うねケッペーちゃん。家を持たない婆さんは、会話も満足にできないと思うのかい？──

　いつかペイさんに言われた言葉が、恵平の心に刺さっていた。

　誰かを蔑《さげす》もうとか、比べようとか、そういう意図があったわけでは決してない。それでもペイさんがそう言った時、恵平は自分の中にあって見ようともしていなかった嫌な何かに気付いたのだった。

まだ誰もいない地下通路の入口から、メリーさんがいる階段へ入って行くと、いつの間にか、吹き下ろす風の感じが変わっていた。東京にはあまり季節がないと思っていたけど、こんな時間に吹く風はすっかり秋の匂いがする。恵平は前のめりになって階段を下り、そして踊り場で足を止めた。

そこにメリーさんはいなかった。

床に敷いているスカートも、古くて大きな鞄《かばん》もない。帽子をいつも目深にかぶり、着ぶくれて眠る姿がないのだ。

「メリーさん……？」

いつもの場所にいつもの誰かがいないというだけで、灰色の薄暗がりがあまりに寒々しい。煙草の吸い殻ひとつ、パッケージの切れ端ひとつ落ちていない踊り場で、カサカサと枯れ葉が舞っていた。

ペイさんが店開きする午前九時を待ちわびて、恵平は丸の内北口へ向かった。ペイさんがやってきて、イスと道具を地面に置くなり、恵平は、

「おはようペイさん。靴、お願い」

と、声を掛けた。ペイさんはまぶしそうに恵平を見上げて笑う。

「ケッペーちゃんか。元気だねーえ、今日も」

「座ってもいい？」

「いいよー」

ペイさんは絆創膏《ばんそうこう》を貼った手で恵平が座るイスを撫《な》で、付いているかもしれない埃《ほこり》を払った。

「頑張った靴にご褒美かい？　あんた、若い刑事さんと一緒に大活躍したってねえ」

「もう知ってるの？　誰から聞いたの？」

「そりゃさ、おいちゃんの企業秘密だ」

のんびりと準備をしながらペイさんが言う。なんとなくだが、恵平が話をしたいと思っているのを、察してくれたようだった。

「あのね。ペイさん。メリーさんがいなくなっちゃったの」

恵平は勇んで訴えた。

「私、仕事が忙しくって、しばらくメリーさんに会えなかったの。それで、今朝やっとあそこへ行ったら、メリーさんがいなくなってた。前に会ったのは風邪で具合が悪いときで、それで……それでね？」

恵平はそのときのことを思い出して、

「そのときに私、気がついちゃったの。メリーさん、結婚指輪をはめていたのよ」

「おいちゃんだってはめてるよ？　結婚したら結婚指輪をはめるだろ」

ペイさんは絆創膏を巻いた指で、古い指輪をトントン叩《たた》いた。

「そうじゃなく」

そうじゃなく、どうなのか。恵平には自分の気持ちがわからなかった。

「具合がとても悪くなって、病院へ連れて行かれたとかかしら……メリーさん」

するとペイさんは「くぇくぇ」と笑った。

「ケッペーちゃんは面白い子だねえ。自分で言っていたじゃぁないか。メリーさんが風邪をひいたら、病院へ行けばいいのにってさ？」

確かにそうだが、あのときは、深く考えていなかったような気がする。始まったばかりの研修と、覚えるべき沢山のこと、知らない土地や、知らない所轄、そんなこんなで精一杯で、すべてが空回りしていたのだ。

二の句を継げない恵平に、ペイさんはボソリと言った。

「心配することないよ。メリーさんは風邪がひどくなって家に帰っただけだから」

「家に……えっ？」

「聞こえなかったかい？ 「メリーさんは家に帰ったんだよ」

メリーさんって、お家《うち》があるの？」

ペイさんは顔を上げ、「そりゃあるよ」と笑った。

「ここだけの話だけどね。まあ、ケッペーちゃんだから、特別に教えてあげるよ。あの婆さんはねえ、老舗《しにせ》餅屋《もちや》の大奥さん。今やっと、第二の人生を謳歌《おうか》しているところなんだよ」

老舗餅屋の……

「大奥さん？」

「しーっ」

ペイさんは唇を尖《とが》らせて、恵平の足を靴置き台に誘導した。

「二十歳そこそこでお嫁に来てさ、なのに結婚して数年で旦那《だんな》さんが死んじゃって、次は義弟と再婚してさ、お店を守ってきたんだよ。ずーっと舅《しゅうと》姑《しゅうとめ》に仕えてね、看《み》取《と》ってさ、餅屋を大きくしたんだってさ。その義弟も一年前に亡くなって、今は息子夫婦が店を継いで、やっとお役御免になったんだって」

「それで家を追い出されちゃったんですか？」

「違うよぅ」

シャカシャカと靴の埃を払いながらペイさんが言う。

「息子夫婦はよくしてくれて、お母さんはずっと苦労をしてきたんだから、これからは何でも自分の好きなことをしていいんだよって、そう言ってもらったってさ」

「それでどうしてホームレスをしてるんですか」

「だから、それが好きなこと」

ペイさんは靴クリームを物色する。恵平には理解ができなかった。

「今の息子は、再婚相手の、つまり、義弟の子供なんだって。最初の旦那は子供が出来る前に死んじゃったからね。それでさ、最初の旦那がメリーさんに遺《のこ》したものは、結婚指輪だけだったんだよ」

「あの指輪……」

メリーさんの指にはまっていた、汚い指輪を思い出す。

「義弟の手前、結婚指輪をはめられなくて、ずっと隠していたってさ。隠して、それでも肌身離さず、帯の間に挟んだり、石けん箱に隠したり……一度なんか、銭湯の帰りにお風呂《ふろ》道具をひったくられて、真っ青になったこともあったって。それほどにね、あの婆さんは、誰にも何も言わないで、隠して、隠して、最初の旦那を想い続けて来たんだねぇ。二度目の旦那を看取ったら、今度は息子に悪くてはめられない。だから今が幸せなんだと言ってたよ。婆さんが帽子で顔を隠しているのも、あまり喋《しゃべ》らないのもさ、兎屋の大奥様がホームレスをしているなんてわかったら、息子夫婦に申し訳ないと思うからだよ」

「指輪のためにホームレス？」

「やあ、それだけじゃないと思うよ？　ああやって誰に気兼ねすることもなく、思い出の場所をウロウロするのが楽しいんだってさ。むかし、八重洲口が南口とか北口とか呼ばれるようになった頃……ケッペーちゃんからしたら大昔だけど、そこに有名な時計屋さんがあってねえ。結婚指輪はそこで買ってもらったって。ずっと子供がなかったけれど、二人はとても仲がよくて、あの当時で東洋一と呼ばれる八重洲口ビルが完成したら、一緒に食事に行こうと約束していたんだと。それより前に旦那さんは死んじゃったんだけどね」

メリーさんがいつも寝ている階段の上に、その時計屋はあったのだろうか。もしくはいつも二人して、デートをしていた場所なのだろうか。

「さ。いいよ」

ペイさんは靴を磨き終え、恵平にサッと手のひらを出した。恵平は用意していたお代を支払い、「ペイさん、ありがとう」と頭を下げた。

「なんだねえ、改まって。ペイをもらうんだからお互い様だよ」

公判前の守秘義務があるために、今はペイさんがみつけたスニーカーの傷が事件をひもとく鍵《かぎ》のひとつだったと言えないけれど、ペイさんには、たくさんのことを教えてもらった。

「ううん。そうじゃなくて、ホントに色々ありがとう」

ペイさんは珍しく顔を上げ、まともに恵平の顔を見て、にこりと笑った。

「またおいで」

「はい。また来ます」

立ち上がって、これからどうしようかと思った時、恵平は平野に電話した。

「ケッペーか？　どうかした？」

「平野刑事。私、今日は非番なんですが、一緒に柏村さんのところへお礼に行けませんか？　今ならお互い素面《しらふ》だし、明るいから道に迷ったりしないと思うんです。私、今、ペイさんのところにいるんですけど、これからそっちへ向かいますから」

平野は少し考えてから、

「あー……じゃ、今から行くわ」

と、電話を切った。待ち合わせ場所の東京国際フォーラムで待つことしばし。平野は道を駆けてきた。駆けてくるなりスマホを出して、地図アプリを立ち上げる。

「あのさ。柏村のオッサンがいる詰め所だけどさ」

「詰め所じゃなくて交番なんじゃ」

「いいや。たぶん詰め所かなんかだ」

平野はアプリを恵平に見せた。

「調べてみたけど、このあたりの交番リストにはないんだよ」

「そんなこともあるんですねえ」

「いや、ねえよ」

いいか？　と言って平野は、柏村の交番へ至る小さな地下道入口を見た。

「あそこから入って地下道を通ったとして、詰め所は地下道出口から道路を挟んだ向かいにあるよな？」

「はい」

「建物の天井が、高架橋にめり込んでたよな？」

「めり込んでました」

「そういう場所は見当たらない」

「見当たらないだけじゃないですか？　だって、この前一緒に行きましたよね。お茶出してもらったし」

「そうなんだよなぁ」

と、平野は頭を掻《か》く。

「念の為班長にも訊《き》いたけど、そんな交番知らないって言うんだよ。資料課のお局様《つぼねさま》にも訊いたけど、いつの時代の話ですかって怒られちゃってさ。交番に赤いライトが下がっていたのは何十年も昔のことだって。知ってんじゃねえかよって言いたかったが、黙っておいた」

「なんでもかんでも公表はしないとかじゃないですか？　うちの田舎には、まだああいう交番があったような気がします」

「だよな」

行ってみるかと平野は言って、二人はまたも地下道へ入ったが、ここだと思《おぼ》しき場所を上がっても交番はなかった。方向が間違っているのだろうとか、もっと狭い道を行ったのかとか、工事中で通路が塞《ふさ》がれているのだとか、あらゆる可能性を考えながらウロウロしたが、それでもやっぱり交番はない。

探し疲れてイライラしてきて、ついに恵平は音を上げた。

「スマホデジタルって、画面が小さすぎて見にくくないですか」

「おまえなあ……文明の利器に向かって、なんてことを言うんだよ」

「だって、拡大すると一部分しか見えないし、全体を見ようとすると、小さすぎてわからないんですもん。もっとアナログの、周辺の交番一覧表とかないんですか」

「無茶言うんじゃねえよ」

　そう言いつつも平野は少し考えて、

「警察博物館」「ポリスミュージアム」

　二人同時に互いを指した。

　警察博物館。別名ポリスミュージアムは、警視庁が運営する博物館で、日本警察の始まりから現代までの歴史的資料や、警視庁の活動について展示している。同施設は二〇一七年にリニューアルされて、参加体験型の博物館になった。

　恵平と平野は施設へ向かい、警視庁の組織図や警察署の配置図などを探して回った。しかし、どうしても柏村の交番を見つけることが出来なかった。

「そもそもさあ。交番の名前がわからないっていうのが致命的なんだよ」

「表札が錆《さ》びて読めないんだから仕方ないじゃないですか。ここはなに交番ですかって訊くのも失礼な気がするし」

「そこな？　表札が錆びてる交番なんか、今どきあるかよ」

「あったじゃないですか」

話しながら階段を上り、展示室に着くなり喋るのをやめる。

施設は細長いビルにあり、一階から五階までが展示スペース。六階がイベントスペースになっている。柏村の交番を探すことはもちろんだが、わかりやすく目を惹《ひ》くように展示された警察のあれこれには、つい見入ってしまう。この博物館を訪れた子供たちの中から、何人かは警察官が出るのかもしれないなどと、思ってしまうくらいである。派手でカッコいいとばかり思っていた警察官の仕事だが、展示物にはそうしたまやかしは微塵《みじん》もなくて、どれもこれも誠実に仕事の内容を示しているものばかりだ。自分が漠然と抱《いだ》いてきた警察官のイメージは、ドラマや小説が作り上げたものだったのかもしれない。

展示物に見入っているうち、いつしか平野とはぐれてしまった。鑑識作業の手順を示したショーケースを眺めていると、スマホが震えて平野に呼ばれた。

「ケッペー、ちょっと来てみろ」

呼ばれたブースへ入ってみると、それは警視庁の歴史を展示した場所だった。セピア色になった写真が何枚も飾られていて、平野はその近くに立って、食い入るように資料を見ていた。

「何か見つかりましたか？」

小さな声で訊《たず》ねると、平野は昭和三十八年当時の地図にある、ひとつの交番を指さした。

「東京駅うら交番……聞いたことのない交番ですね」

「ここだろ？　柏村さんの交番は」

「え」

わかる限りの乏しい知識で、現在の駅周辺と、古い地図とを重ねて考えてみたものの、方向音痴の恵平にはうまく出来ない。すると平野はスマホを出して、現在の地図を古い地図に並べて見せた。やはり画像が小さいが、なんとなくわかる気もする。

「いいか？　俺たちが使った地下道入口はこのあたり。ここからこう来てこう行って、十分近く歩いたんだから、このあたりのどこかへ出たはずなんだよ」

人差し指でぐるりと円を描く中に存在する交番はたった一つだ。

「東京駅うら交番は、今はない。ネットで検索したら写真が出てきた」

平野は画像を呼び出した。高架橋下にめり込むような煉瓦《れんが》タイルの小さな交番。白黒の写真ながら、丸いライトは赤だと思う。このタイプの交番は、昭和初期に国内各地に登場したとある。

「……って、どういうことですか？」

「さっぱりわからん」

「柏村さんに聞いてみましょう」

「行ければな？　だけど、行き着けなかったんだろうが」

恵平は狐につままれたような気がした。

「もうひとつ」

平野は人差し指で恵平を呼ぶと、ブースの奥にある特別仕様の部屋へ入って行った。そこには身を挺《てい》して職務を全《まっと》うした警察官らの、殉職者名簿が掲げられている。平野は恵平の背中を押して中に入ると、その一ヵ所を指さした。

警視庁管轄区のどの場所で、どんな事件でどんな人物が、どんな状態で殉職したかが肖像入りで記されている。平野が示したのは昭和三十五年の八月、都内某所で起きた人質立てこもり事件で殉職した警察官のものだった。

「……柏村さん」

肖像があまりにも似ていたために、恵平は思わずそう呟《つぶや》いたが、すぐに気がついて、

「の……わけないですよね？」

と、付け足した。記された名前は柏村敏夫。享年六十五歳とある。

「先祖代々警察官だったんでしょうか」

「そっくりだろ？　これを見たときはちょっとゾッとしたけどな」

「なんでゾッとするんですか」

「いや、なんとなく」

恵平と平野は掲示された殉職者ひとりひとりの功績と生き様をつぶさに読んで、それから遺影に手を合わせた。殉職者の多くはお巡りさんで、凄惨《せいさん》な最期を迎えた者が多かった。小学校の交通安全教室で人形劇を見せてくれた若い女性警察官や、通学路に立って見守りをしてくれたお巡りさんを思い出し、今は自分がその立場になろうとしていることを考えると、命を大切にしろと警察学校でたたき込まれたことがしみじみと心に響いて来た。お巡りさんと呼ばれようとも、刑事と呼ばれようとも、それは一緒だ。彼らの冥福《めいふく》を祈りながらも、恵平はなぜか、今、無性に柏村に会いたかった。

結局柏村の交番にたどり着けないまま、恵平と平野は東京駅で別れた。

もう一度例の地下道へ入ってみてもよかったのだが、今はやめておこうと恵平は思った。柏村が夢や幻だとは思えなかったし、会う必要があるときには必ずまた会えるはずだという確信もあった。家電量販店の前を通るとき、お昼のワイドショーが藤原少年の死体遺棄事件について報道していた。発表されたのは三人の少年が犠牲になっていたということだけで、彼らがどんな目に遭って、何の為に殺害されなければならなかったかは語られなかった。

不気味な面は証拠品として今も保管庫に置かれている。津守寛人は饒舌《じょうぜつ》に話をするらしいのだが、その意味するところを理解できる捜査員は今のところいない。

今度平野と非番が重なったなら、一緒にまた由比ヶ浜へ行き、あの場所に花を供えてこようと恵平は思う。手近な地下道入口から地下街へ入り、東京駅を通ってみれば、いつもと同じ雑踏があって、ふとメリーさんの影を見た。

慌てて追いかけてみたけれど、着膨れて小さなメリーさんの背中は、複雑に折れ曲がる地下街の奥へ消えてしまった。

メリーさん……帰って来ちゃった。

と、恵平は思い、そしてなんだか可笑《おか》しくなった。こんなにたくさんの人たちが日夜行き交う場所が他にあるだろうか。今自分が立つ場所に歴史が積み重なっているなんて、思ったことがあっただろうか。八重洲に駅があった頃。そこにビルが建った頃。

東京駅がまだ二階建てで、創建当初の姿を取り戻す前も、たくさんの人たちがここを通って、それぞれの場所へ向かっていたのだ。

「私もそのひとり」

恵平は自分に呟いて、ポケットからメモ帳を出す。

地上の地理は覚えたけれど、地下街はなかなかに手強《てごわ》いのだった。彼女はメモを握りしめ、またも元気に歩き始めた。そうすればいつかまたきっと、柏村のいる交番にたどり着けるはずだと思いながら。

……To be continued.

【主な参考文献】

『江戸・東京の事件現場を歩く　世界最大都市、３５０年間の重大な「出来事」と「歴史散歩」案内』黒田　涼（マイナビ出版）
『東京駅の履歴書　赤煉瓦に刻まれた一世紀』辻　聡（交通新聞社新書）
『建築探偵の冒険　東京篇』藤森照信（ちくま文庫）
『東京路地裏横丁』山口昌弘（ＣＣＣメディアハウス）
『加藤嶺夫写真全集　昭和の東京　５　中央区』川本三郎・泉　麻人／監修（デコ）
『新聞紙面で見る二〇世紀の歩み　明治・大正・昭和・平成　永久保存版』（毎日新聞社）
『実録　戦後殺人事件帳』（アスペクト）
『絵解き東京駅ものがたり　秘蔵の写真でたどる歴史写真帖』（イカロス出版）
『信州の年中行事』斉藤武雄（信濃毎日新聞社）
『祭りさんぽ』上大岡トメ＋ふくもの隊（藝術学舎）
『東京お祭り！　大事典　毎日使える大江戸歳時記』井上一馬（ミシマ社）

本書は書き下ろしです。

この作品はフィクションです。
設定の一部で実在の事象に着想を得てはおりますが、
小説内の描写は作者の創造に依るものであり、
実在の人物、団体、事件等とは一切関係ありません。

MASK《マスク》 東京駅《とうきょうえき》おもてうら交番《こうばん》・堀北恵平《ほりきたけつぺい》

内藤《ないとう》 了《りょう》

角川ホラー文庫 21467

平成31年2月25日 初版発行
令和2年4月25日 5版発行

発行者———郡司 聡
発 行———株式会社KADOKAWA
〒102-8177 東京都千代田区富士見2-13-3
電話 0570-002-301(ナビダイヤル)
印刷所———旭印刷株式会社
製本所———株式会社ビルディング・ブックセンター
装幀者———田島照久

●お問い合わせ
https://www.kadokawa.co.jp/ (「お問い合わせ」へお進みください)
※内容によっては、お答えできない場合があります。
※サポートは日本国内のみとさせていただきます。
※Japanese text only

ISBN978-4-04-107784-9 C0193

角川文庫発刊に際して

角川源義

第二次世界大戦の敗北は、軍事力の敗北であった以上に、私たちの若い文化力の敗退であった。私たちの文化が戦争に対して如何に無力であり、単なるあだ花に過ぎなかったかを、私たちは身を以て体験し痛感した。西洋近代文化の摂取にとって、明治以後八十年の歳月は決して短かすぎたとは言えない。にもかかわらず、近代文化の伝統を確立し、自由な批判と柔軟な良識に富む文化層として自らを形成することに私たちは失敗して来た。そしてこれは、各層への文化の普及滲透を任務とする出版人の責任でもあった。

一九四五年以来、私たちは再び振出しに戻り、第一歩から踏み出すことを余儀なくされた。これは大きな不幸ではあるが、反面、これまでの混沌・未熟・歪曲の中にあった我が国の文化に秩序と確たる基礎を齎らすためには絶好の機会でもある。角川書店は、このような祖国の文化的危機にあたり、微力をも顧みず再建の礎石たるべき抱負と決意とをもって出発したが、ここに創立以来の念願を果すべく角川文庫を発刊する。これまで刊行されたあらゆる全集叢書文庫類の長所と短所とを検討し、古今東西の不朽の典籍を、良心的編集のもとに、廉価に、そして書架にふさわしい美本として、多くのひとびとに提供しようとする。しかし私たちは徒らに百科全書的な知識のジレッタントを作ることを目的とせず、あくまで祖国の文化に秩序と再建への道を示し、この文庫を角川書店の栄ある事業として、今後永久に継続発展せしめ、学芸と教養との殿堂として大成せんことを期したい。多くの読書子の愛情ある忠言と支持とによって、この希望と抱負とを完遂せしめられんことを願う。

一九四九年五月三日

CUT

猟奇犯罪捜査班・藤堂比奈子

内藤 了

死体を損壊した犯人の恐るべき動機…

廃屋で見つかった5人の女性の死体。そのどれもが身体の一部を切り取られ、激しく損壊していた。被害者の身元を調べた八王子西署の藤堂比奈子は、彼女たちが若くて色白でストーカーに悩んでいたことを突き止める。犯人は変質的なつきまとい男か？ そんな時、比奈子にストーカー被害を相談していた女性が連れ去られた。行方を追う比奈子の前に現れた意外な犯人と衝撃の動機とは!? 新しいタイプの警察小説、第2弾！

角川ホラー文庫

ISBN 978-4-04-102330-3

ISBN 978-4-04-102943-5

LEAK

猟奇犯罪捜査班・藤堂比奈子

内藤 了

死体には、現金が詰め込まれていた…

正月の秋葉原で見つかった不可思議な死体。不自然に重たいその体内には、大量の小銭や紙幣が詰め込まれていた。連続して同様の死体が発見されるが、被害者の共通点は見つからない。藤堂比奈子ら「猟奇犯罪捜査班」の面々は、警視庁の合同捜査本部でその「リッチマン殺人事件」に取り組むことになる。そこに比奈子宛の怪しい電話が入り……。現代社会の闇が猟奇的殺人と共鳴する、新しいタイプのヒロインが大活躍の警察小説、第4弾！

ISBN 978-4-04-102612-0

ZERO

猟奇犯罪捜査班・藤堂比奈子

内藤 了

比奈子の故郷で幼児の部分遺体が！

新人刑事・藤堂比奈子が里帰り中の長野で幼児の部分遺体が発見される。都内でも同様の事件が起き、関連を調べる比奈子ら「猟奇犯罪捜査班」。複数の幼児の遺体がバラバラにされ、動物の死骸とともに遺棄されていることが分かる。一方、以前比奈子が逮捕した連続殺人鬼・佐藤都夜のもとには、ある手紙が届いていた。比奈子への復讐心を燃やす彼女は、怖ろしい行動に出て……。新しいタイプのヒロインが大活躍の警察小説、第５弾！

角川ホラー文庫

ISBN 978-4-04-104004-1

ONE

猟奇犯罪捜査班・藤堂比奈子

内藤 了

傷を負い行方不明の比奈子の運命は!?

比奈子の故郷・長野と東京都内で発見された複数の幼児の部分遺体は、神話等になぞらえて遺棄されていた。被虐待児童のカウンセリングを行う団体を探るなか深手を負った比奈子は、そのまま行方不明に。残された猟奇犯罪捜査班の面々は各地で起きた事件をつなぐ鍵を必死に捜す。そして比奈子への復讐心を燃やしている連続殺人鬼・都夜が自由の身となり向かった先は……。新しいタイプのヒロインが大活躍の警察小説、第6弾！

角川ホラー文庫

ISBN 978-4-04-104016-4

MIX
猟奇犯罪捜査班・藤堂比奈子

内藤 了

少女の「人魚」の遺体!? その背後には……

湖で発見された、上半身が少女、下半身が魚の謎の遺体。「死神女史」の検死で、身体変異に関する驚くべき事実が判明する。そして八王子西署には人事異動の波が訪れていた。新人とのやり取りに苦戦しつつ捜査を進める比奈子。「人魚」事件の背後には、未解決の児童行方不明事件が関わっているようだ。さらに新たに子供の奇妙な部分遺体が発見される事件が起こる。保を狙う国際犯罪組織も暗躍し……。大人気警察小説シリーズ第8弾！

角川ホラー文庫

ISBN 978-4-04-105265-5

COPY

猟奇犯罪捜査班・藤堂比奈子

内藤 了

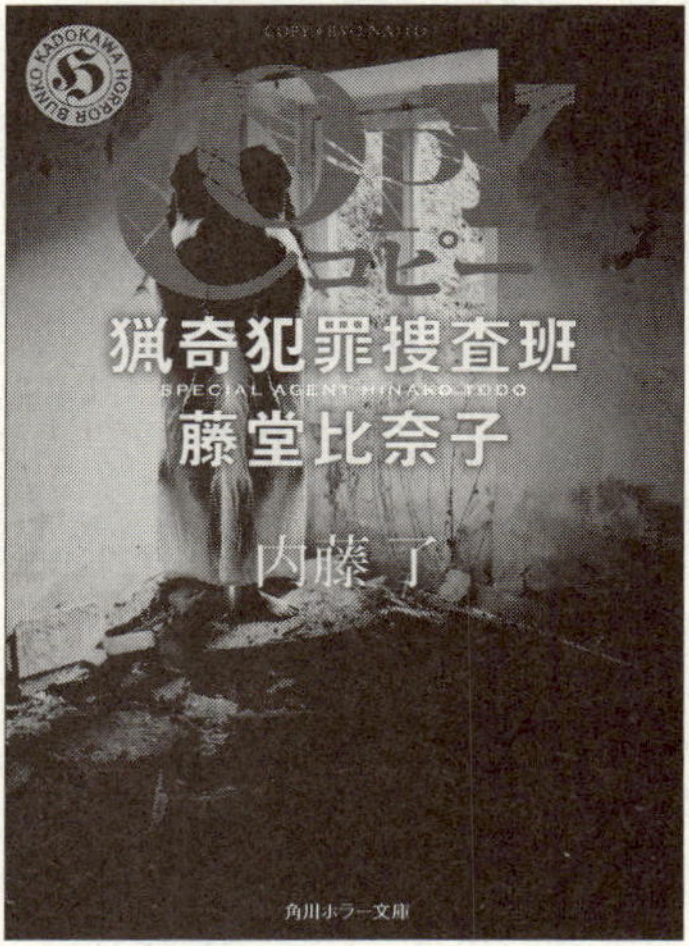

奇妙な「魔法円」を描く複数の遺体の謎

鑑識官・三木と麗華の結婚式も束の間、比奈子らに事件の知らせが入った。心臓が刳《く》り抜かれた２遺体が八王子の廃ビルで見つかったのだ。一昨日も日本橋で同様の3遺体が発見され、現場には血痕で「魔法円」が描かれていた。12年前と30年前の未解決事件との類似を聞かされる比奈子。同じ犯人が再び活動しているのか？　そして保が身を隠すセンターでは少年・永久がある発見をしていた……。大人気警察小説シリーズ第９弾！

角川ホラー文庫

ISBN 978-4-04-106052-0